甘陕老艺人口述秦腔曲目孤本辑录

张江中 主编

敦煌文艺出版社

图书在版编目（C I P）数据

甘陕老艺人口述秦腔曲目孤本辑录 / 张江中主编
-- 兰州 ：敦煌文艺出版社， 2017.12
ISBN 978-7-5468-1411-7

Ⅰ. ①甘… Ⅱ. ①张…Ⅲ. ①秦腔－剧本－作品集－中国 Ⅳ. ①I236.41

中国版本图书馆CIP数据核字（2017）第312325号

甘陕老艺人口述秦腔曲目孤本辑录
张江中主编

责任编辑：王 倩
　　　　　曾 红
实习编辑：万 芳
装帧设计：田代洪

敦煌文艺出版社出版、发行
地址：(730030)兰州市城关区读者大道 568 号
邮箱：dunhuangwenyi1958@163.com
0931-8773233(编辑部)
0931-8773235(发行部)

甘肃海通印务有限责任公司印刷
开本 710 毫米×1020 毫米　1/16　印张 9　插页 3　字数 178 千
2019 年 1 月第 1 版　2019 年 1 月第 1 次印刷
印数：1～1 000 册

ISBN 978-7-5468-1411-7
定价：42.00 元

目 录

剧情

渑池关

商末，周武王与姜子牙率军伐纣，东征至渑池关，守将张奎与妻高兰英用法术杀了姜营五路先锋。子牙大恸，命杨戬出战。杨用法术杀了张奎快如闪电的坐骑乌烟兽和奎母，奎夫妇悲极，再战不胜，便施地行之术刺杀武王及姜子牙，未遂。随后，他们一同出战，与周将土行孙夫妇交锋，不胜，遁地逃去。土行孙便去求师，以破张奎地行之术，不料被高兰英识破，张奎即暗杀了土行孙。土妻邓婵玉前去报仇，又被张奎夫妇杀死。张奎出城回朝歌搬兵，惧留孙为徒弟土行孙报仇，提了高兰英。姜子牙率众占渑池关。张奎回关目睹高兰英丧命，后遭杨任、杨戬、韦陀围攻，欲钻土遁，被惧留孙指地成钢法困住，终丧命。渑池遂破。

此剧又名『破渑池』『五岳图』。

人物表

姜子牙——老生
黄飞虎——红生
红　景——须生
龙吉公主——武旦
杨　任——须生
杨　戬——武生
韦　陀——武生
土行孙——武丑
邓婵玉——武旦
惧留孙——老丑
崔　英——须生
蒋　雄——花脸
闻　聘——武须生
崇黑虎——黑花脸
张　奎——武净
高兰英——武旦
张奎母——老旦
中　军
报　子
家　院
四龙套
四角子
四青衣

第一场　　点兵

(姜子牙坐帐,龙套摆队)

姜子牙:(诗)白须白发如银线,
担水浇花数十年。
(坐诗)三师父议封神榜,
命吾下山扶武王。
兴周灭纣改乾坤,
斩将封神子牙姜。

本帅姓姜名尚,字子牙,道号飞雄。吾自幼以在昆仑山修行,担水浇花数十年,因三位师父困游孟寿崖前,观见天空缺了神相,三位师父八景宫议事,玉虚宫划坤,碧游宫造榜,要补天空星相,命吾背榜下山,斩将封神,临行之时,师父赐我三件贵宝。

这打神鞭、杏黄旗,还有四不像,吾下山以来没业未满,在渭水河执钩钓鱼,文王未请,拜相封帅,本帅行兵以来,明有众门人冲锋,暗有十二大仙保护。我命黄帅攻打青龙关,红帅攻打界牌关,本帅攻打泗水关,三关已破,今日会师。人来!请红黄二帅进帐。

大　兵:(白)红黄二帅进帐!

(红景、黄飞虎同上)

红景、黄飞虎:(白)参见元帅。

姜子牙:(白)少礼请坐。

红景、黄飞虎:(同坐,白)元帅纳福。

姜子牙:(白)有劳二帅动问,红黄二帅可好?

红景、黄飞虎:(白)多谢元帅关怀。

姜子牙:(白)黄帅攻打青龙关可喜可贺。

黄飞虎:(白)末将攻破青龙关,地界已收,关隘已破,就是折了我儿黄天化。

姜子牙:(白)天化是封神榜上有名之人,黄帅大放宽心。红帅大战界牌关胜负如何呢?

红　景:(白)末将攻打界牌关收了地界,又收来我妻龙吉公主。

姜子牙:(白)天助我三关成功也,前边不远就是渑池关,我军合一攻打,本帅指挥,黄帅压军,红帅夫妻先行。今逢吉日,我军会师,宝帐有酒,一为黄帅压惊,二为红帅贺喜。军人们看上酒来!

（军人摆酒，姜子牙唱慢板）
宝帐里摆开了贺功酒宴，
与二帅压惊贺喜在帐前，
都只因渑池关地界不远，
走一关过一关收关安贤，
看起来商朝的洪神已满，
天降下周姬昌占他江山，
君无道臣受难民遭涂炭，
西岐城造林台万古流传，
将行时宝帐里拿酒相待，
但愿得到渑池一马当先。**（拱酒）**

黄飞虎：（唱代板）殷纣王登基赛野兽，
宠爱妖女乱龙楼，
杜辉斩在了宫门口，
梅伯抱柱一命休，
姜娘娘死在妲己手，
摘星楼黄妹妹鲜血流，
逼得我父子无处走，
反五关曾把西岐投。**（下场）**

红　景：（唱）多少忠臣身无首，
多少贤士把魂勾，
多少百姓离故土，
多少山河变春秋，
看起来商朝定已就，
庚辛金闪红星四射放光明。**（下场）**

姜子牙：（唱）离昆仑身背榜尊师之命，
八十老进朝歌扭转乾坤，
破渑池还要靠全军骁勇，
吾奔上大校场前去点兵。**（下场）**

第二场　　教场

（龙吉公主拉架子）

龙吉公主：（白）头戴七星插雕翎，每日练武演阵术。今逢俺家行人马，乌鸦怎敢远空来？俺家龙吉公主，奉了姜元帅之命，以在校场点兵，人马已齐，元帅来也。

（姜子牙、黄飞虎、红景同上）

龙吉公主：（白）参见元帅！

姜子牙：（白）站下，命你校场点兵，大兵可齐？

龙吉公主：（白）大兵齐备，等元帅到来传命！

姜子牙：（白）吩咐吾军，站东列西听本帅一令了。

（唱尖板）未行军先放了起营的炮，

（一齐下场又上场，跑马，姜子牙接唱）

众将官齐上马鞍鞒，**（唱慢板）**
号令战鼓前开道，
旌旗招展空中飘，
头队里抬的列头炮，
二队里架的鬼头刀，
三队里列枪挂红缨，
四队里大刀一片明。
行军买卖要公正，
莫要伤害好百姓，
哪一个枉法犯军令，
军营法纪不容情。

黄飞虎：（唱代板）本帅马上先传令，
大小三军你们听，
马走田路砍马腿，
兵入民房问斩刑，
只要战场勇效命，
与你们加薪又记功。

红　景：（唱）今春行兵伴黄道，
与尊神爷爷把香烧，

东方的喜神哈哈笑，
临危回来血染刀。
龙吉公主:(唱)自幼儿仙山学道妙，
兵法武艺学得高，
为除昏君走正道，
要走光明路一条。
姜子牙:(唱)耳旁忽听探马报。
(报子上)
报　子:(白)报！离渑池关数十里远。
姜子牙:(白)再探！探马报到，离渑池关不远，众将官吩咐我军占山靠水扎了大营。
(众同下场)(跳报子)
报　子:(白)报报报来飞飞飞，手中拿的令字旗，一年四季马不停，白天黑夜探消息。探子是也，西岐发来人马，侯爷不知，早报侯爷得知。**(下)**

第三场　　拜寿

(张奎上)
张　奎:(诗)高山有宝一朵红云照湖北，
长江滚滚一条玉带锁西岐。
(坐诗)爹娘生咱孤寡，
仙山学艺有家，
习就了三略六韬，
演会了八门阵法，
上阵凭乌烟神兽，
牛耳刀便把人杀，
威镇渑池保万家，**(黄场)**
有张奎打坐府下。

本公渑池侯张奎，纣王驾前为臣，奉王旨意，我夫妻镇守渑池关地界，今逢老太娘寿端之日，命家院设宴挂画，不知可曾备齐。家院过来，酒宴可齐？

家　院:(白)齐备多时,侯爷吩咐!
张　奎:(白)有请夫人出堂!
家　院:(白)有请夫人!
(高兰英上)
高兰英:(诗)仙山学道高,
　　　　师父把咱教,
　　　　习就文共武,
　　　　与主保龙朝。
张　奎:(白)夫人到了快快请坐!**(同坐)**
高兰英:(白)老爷,唤妻出堂莫非与太娘拜寿之事?不知安排可曾齐备?
张　奎:(白)一切安排都妥当了,你我同请太娘。太娘在上,儿们有请。
(张奎母上)
张奎母:(白)天增日月人增寿,春满乾坤福满门。
张　奎:(白)太娘上座,家院看酒过来!**(排子拜)**
张奎、高兰英:(同白)愿太娘万寿无疆!
张奎母:(白)孝心有了,一同坐了!**(举杯)**
(中军上)
中　军:(白)头戴绛红缨,身穿八爪龙。外中军张龙,各营都有礼单,与老夫人祝寿,来在府门,待我将梆传了!**(打梆子,家院出)**
家　院:(白)中军发梆为何?
中　军:(白)各营都有礼帖,与太夫人拜寿祝福!
家　院:(白)待我去传。禀侯爷,各营都有礼单,与老夫人拜寿!
张　奎:(白)将话传出,太娘举步艰难。堂口有帐,指帐拜寿。拜寿已毕,客厅落座,外中军奉陪。**(家院向外复传一遍)**
(报子上)
报　子:(白)来在大堂口冷冷淡淡。待我击了堂鼓。
中　军:(上白)何人击鼓?
报　子:(白)边庭有了消息,要报侯爷早作准备。
中　军:(白)你在外边等候,我到二堂去禀!**(分下)**待我二次将梆发了!
(发梆,家院出看)
家　院:(白)中军发梆为何?
中　军:(白)边庭有了消息,探马要见侯爷。
家　院:(白)禀侯爷,报子要见!

张　奎：(白)将酒宴迁到后堂！**(张奎母、高兰英下)**家院对军对讲，大堂击鼓升堂！

(下场)

(摆队，张奎上入座)

张　奎：(白)中军，命边报来见！

中　军：(白)边报上堂来见！

报　子：(白)告进，参见侯爷！

张　奎：(白)有何军情速快报来！

报　子：(白)侯爷请听，小人远远打探，尽是西岐营盘，子牙军中为帅，红景马前为先，人赛南山的猛虎，马比北海的蛟龙，看来早晚动大兵，军国事报与侯爷听。

张　奎：(白)报子不必心惊慌，自有侯爷做主张，漫说子牙领兵将，天兵下界爷愿当，早早报于那老朽，准备两家排战场，渑池来者是君子，不来就是小儿郎。

赏银牌一面，再探！**(报子下场)**

中军转堂！**(圆场子进府)**

儿有请太娘。**(张奎母、高兰英上)**

张奎母：(白)儿呀，边报到来，不知有什么消息？

张　奎：(白)西岐发来人马，攻打儿的渑池关来了。

张奎母：(白)既然如此，你是调兵争战，还是抱印投降呢？

张　奎：(白)嗨，这个——**(向高兰英指，叫给太娘说明)**

高兰英：(白)太娘在上，西岐领来大兵攻打渑池关，潼关已破，就是渑池，两家交战于民不利，主上无德，以儿思想不如顺天行命才是。

张　奎：(白)是呀，我妻虽是女流，胜过你儿的肚才。

张奎母：(白)纣王无道他是一君，
武王有道他是一臣。
哪有这臣伐君之理？
打坐二堂听娘道来，
宁做忠臣刀下死，
不做叛臣落骂名。
(唱尖板)皇王有道家家乐，
(转慢板)天地无私处处春；
君王有道生祥瑞，

黎民齐享太平春；
朝中有宝出良将，
家中有宝出贤孙；
山中有宝出俊跃，
水中有宝化蛟龙；
有宝敬与了君王爷，
有孝答报二位双亲；
若得忠孝两个字，
臣报君恩子奉亲。

张　奎:(唱尖板)二堂里打一躬太娘在上。**(行礼唱慢)**

高兰英:(唱)听你儿把言语细说开来。

张　奎:(唱)听纣主失君德纲常大坏。

高兰英:(唱)宠费仲和尤浑妲己祸害。

张　奎:(唱)可怜把老公卿马下丧命。

高兰英:(唱)死的死,逃的逃,实在可怜。

张　奎:(唱)眼看着渑池关大祸就在。

高兰英:(唱)抱印投降为上策。

张　奎:(唱)老太娘为商朝忠心不改。

高兰英:(唱)稳坐二堂口不开。

张　奎:(唱)准备把你的儿疆场命坏。

高兰英:(唱)怕的是老太娘要受血积。

张　奎:(白)太娘岂不知一朝干戈动。

高兰英:(白)十年不太平。

张　奎:(白)太娘年高迈。

高兰英:(白)叫儿怎放心。

张奎母:(白)为娘不当一老,准备把鲜血洒在战场,也算尽了忠了。

(张奎、高兰英起,唱七锤)

张　奎:(唱)可恨子牙老妖道。

高兰英:(唱)竟敢来把渑池剿。

张　奎:(唱)身施一礼换衣帽。

高兰英:(唱)咱夫妻双双争功劳。**(下场)**

张奎母:(唱慢板)我见得我儿他换衣帽,
不由叫人泪下抛,

纣王为君多无道，
多少忠臣把难遭，
西岐领兵来征讨，
渑池寸地动枪刀，
叫家院看酒准备好，
等我儿到来把兵交。

（张奎、高兰英上，双架子唱代板）

张　奎：（唱）在帐房以内换甲铠。
高兰英：（唱）威风凛凛显将才。
张　奎：（唱）霎时去到疆场外。
高兰英：（唱）子牙老儿时运衰。
张　奎：（唱）在腰中紧系狮鸾带。
高兰英：（唱）护心宝镜怀内埋。
张　奎：（唱）换衣儿来在二堂外。
高兰英：（唱）问太娘因何泪下来。
张奎母：（唱）见得我儿换甲铠，
不由叫人泪满腮，
临走时与你们端酒待，
愿你们得胜早回来。
张　奎：（唱）老太娘不必拿酒待。
高兰英：（唱）听儿把话说开怀。
张　奎：（唱）耳旁忽听战鼓响。
高兰英：（唱）子牙领兵战场排。
张　奎：（唱）乌烟神兽营门上带。
高兰英：（唱）杀一个凤凰夺窝早回来。**（上马同下场）**
张奎母：（唱代板）见他们上了马威风杨摆，
武将官奔疆场理所应当，
叫家院在府门消息等待。

（两家对阵）

张　奎：（白）住兵者，好一红景这就不是。你为何领兵到来糟踏我的渑池关？
红　景：（白）既知我将帅领兵到来，就该将关献了。
张　奎：（白）呸，一臣服侍二主，不顾羞耻，还敢讲大话，众将官，杀！

（开打，对打，后越场，用托刀斩红景，张奎斩龙吉公主）

张奎、高兰英：哈哈……嗨嗨……收兵。**（下场）**

（黄飞虎紧上看红景死后）罢了红帅呀。**（倒下场）**

姜子牙：（内唱尖板）后帐里转来了姜吕望，
兴周灭纣的子牙姜，
不得时朝歌摆卦场，
玉石琵琶是吾将，
比干相领我把殿上，
他封我大夫在朝堂。
恨妲己描鹿台的样，
叫我监修拆民房。
这妖精设计要害我，
驾土洞逃到孟家庄。
渭水河里天鼓响，
雷击马氏一命亡。
文王摆驾把我访，
八十三岁保文王。
二次我昆仑顶上拜师往，
又赐我三宝带身旁。
上阵凭的四不像，
打神鞭来旗杏黄。
渑池关前扎了营帐，
一来一往动刀枪，
将身儿打坐在元帅大帐。

黄飞虎：（上唱）再叫元帅听端详，
红景夫妻把阵上，
可怜命丧在疆场。

姜子牙：（唱七锤）听说是红景夫妇把命丧，
倒叫本帅着了慌，
渑池关我军难攻闯，
搬请大兵争力量，
启开了四宝墨膏上，
拜见四侯观其详，
修书不为别事样，

请你们阵前帮帮忙，
一封小书带身上，
你到曹州搬栋梁。

黄飞虎：（唱）辞别了元帅我把牛上，
奔曹州搬兵走一场。**（上牛，下）**

姜子牙：（唱）见黄帅搬兵到大帐，
去到曹州搬栋梁，
天保佑来地观望，
等候喜信报营房。**（同下场）**

黄飞虎：（唱）跨下了五色牛四蹄生烟，
一霎时走过了万水千山。
加一鞭在空中如雷闪电，
奔曹州去把那四侯来搬。
（打三鞭，放火，亮相，下）

第四场　　五岳归天

（四侯上）

四　侯：（白，各一句）可恨商王，
坏了纲常，
曹州四侯，
永不朝商。

四　侯：（报名）崔英、蒋雄、闻聘、崇黑虎。

崔　英：（白）众弟兄请了，只因纣王无道，宠奸杀贤，我弟兄无心服侍，在曹州屯军养马，不从调遣，今在大帐，有事来禀。

卒：（白）报，武成王到。

四　侯：（白）有请！

（黄飞虎上）

四　侯：（白）成王请下牛来。**（进）**成王因何来到曹州呢？

黄飞虎：（白）姜元帅有封小书，请众侯爷观看。**（递信）**

四　侯：（白）打开我弟兄同观。**（排子）**原为搬兵之事，我弟兄对天有愿，甚不于周纣动兵。

黄飞虎:(白)哎嗨呀,四侯不能发兵当用何计?想起了常言道搬兵不动,要激将众位侯爷。你们可知张奎两军阵前,骂你弟兄的言语?

四　侯:(白)他骂我弟兄何来?

黄飞虎:(白)听我道来。**(用排子示意)**

四　侯:(白)成王前行,我等随后就到。

黄飞虎:(白)与我看过神牛。**(上牛,下场)**

四　侯:(白)我弟兄拉上了战马,一同奔上周营去者。**(下场)**

(姜子牙上)

姜子牙:(白)曹州搬雄兵,要破渑池城。

卒:(白)禀元帅,曹州四侯到。

姜子牙:(白)传出有请!**(同进对白)**未曾远迎,多有得罪。

四　侯:(白)哪有元帅知罪之理,张奎军阵叫骂我弟兄可曾是实?

姜子牙:(白)件件是实。

四　侯:(白)好恼也!

崔　英:(唱)说他能来把嗅买。**(下场)**

蒋　雄:(唱)山高怎把太阳遮。**(下场)**

闻　聘:(唱)我用手拨得乾坤转。**(下场)**

崇黑虎:(唱)强龙要拉他地头蛇。**(下场)**

(黄飞虎上)

黄飞虎:(唱)我头戴斗牛身穿黄,
胯下神牛走阵忙,
在东海岸上战八将,
哪个不知俺武成王,
辞别了元帅把牛上,
要与四侯帮帮忙。**(上牛下场)**

姜子牙:(唱)我见得曹州四侯跨雕鞍,
本帅心中不安然,
八卦上细策细算。**(占八卦)**
今日里五岳要归天,
暗地里展开了封神榜,
无情的杨字添在上边。**(下场)**

(四侯上,标兵、成王上)

崔　英：（唱代板）两家行兵如下棋。**（倒下场）**

（张奎上，倒下场）

（四侯倒上）

蒋　雄：（唱）一来一往显高低。**（顺下场）**

（高兰英顺下场）

（四侯上）

四　侯：（唱）耳旁忽听人马起。

（两家对阵）

张　奎：（白）住兵者，我当哪路人马，原是曹州四侯，你不在曹州，来到渑池有得何事？

四　侯：（白）你周纣两家交兵，为何捎言带语，骂我弟兄？

张　奎：（白）我当是搬来的兵，原是激来的将，骂不骂应在我身，看他能怎样！骂你弟兄是实。杀！**（开打）**

（张奎、高兰英对上白）

张　奎：（白）哎呀夫人，曹州四侯厉害，当用何计呢？

高兰英：（白）侯爷下得马来，闪在土内，我用太阳神针，将他钉住，侯爷冲出土面将他杀之。

（张奎、崔英、蒋雄三角子，张奎入土，高兰英用针钉住，张奎出土杀二将）

（又拉二将，张奎又杀）

（成王神牛连冲三次，最后被杀。成王死）

张奎、高兰英：（同唱场子）哈哈……嗨嗨……哈哈……**（夫妻同下场）**

第五场　　斩兽

（杨戬上）

杨　戬：（唱代板）头戴上三山身穿黄，

手执三尖两刃钢，

行走间来在阵头上，

我要与张奎排战场。

（白）打阵来。

张　奎：（内唱尖板）在二堂与夫人摆宴场，

家将不住地报声忙，

我出得营门外用目望。**(开打，杨戬被拉)**

家　将：(白)拉住杨戬。

张　奎：(白)绑回大营！**(圆场)(家将绑杨戬，押杨戬上，站立)**

胆大的杨戬，见了本侯还不屈跪！

杨　戬：(白)犯在你手，请你所为！

张　奎：(白)如此讲话，家将过来，推在营门外开刀！

(杨戬出帐边走边说)

杨　戬：(白)我先把他的乌烟兽杀了。

家　将：(白)杨戬看刀！

杨　戬：(白)看剑！**(杀兽下场)**

家　将：(白)禀侯爷，小人钢刀一举，杨戬摇身一变，将侯爷的乌烟兽杀了！

张　奎：(白)领我去看！**(出帐见兽死，唱尖板)**我见得乌烟兽倒在营门。

(杨戬上)

杨　戬：(白)叫张奎打阵来。

家　将：(白)禀侯爷，杨戬又来骂阵，叫你速来上阵！

张　奎：(白)对他去讲，前边行走，侯爷随后就到！

家　将：(白)命你先行，随后就到。

杨　戬：(白)是君子莫要食言！**(杨戬下场)**

张　奎：(唱)鲜血染得地皮红。

南北征战功劳重，

丧在二郎杨戬的身。

叫家将带马营门等！**(出营上刀接杨戬)**

家　将：(白)拉住杨戬！

张　奎：(白)绑回大营。**(圆场子)**将杨戬与我绑上来！**(杨戬进，站立)**胆大的杨戬，竟敢杀坏本公的乌烟兽，还敢在侯爷面前要术，我看你有多大的道妙。家将，将杨戬推在营门，与爷抬过宝刀，待我亲自处斩于他。

(推杨戬出帐，杨戬边走边说)

杨　戬：(白)我不免将他老娘杀死。

(张奎执大刀向杨戬杀去)

张　奎：(白)看宝刀！

杨　戬：(白)看宝剑！

（高兰英上）

高兰英：（白）侯爷不好了，杨戬杀坏老太娘！

张　奎：（白）哎呀不好！**（倒圆场看太娘已死，大叫）**太娘呀！

（唱尖板）我见得老太娘鲜血淋。

（杨戬上）

杨　戬：（白）呔，叫张奎打阵！

家　将：（白）禀侯爷，杨戬又来骂阵！

张　奎：（白）什么？杨戬又来骂阵，这个怪了，奇了！

家　将：（白）怪了，才说着怪了，奇了，奇了，怪了！

张　奎：（白）对他去讲，前行后到。

家　将：（白）杨戬听着，侯爷说来，前行后到。

（杨戬下场，张奎、高兰英唱场子）

高兰英：（唱）白发老娘吃青铜，
咬牙切齿把子牙恨。

张　奎：（唱）老娘的尸首暂掩定，
不杀杨戬不为人。

高兰英：（唱）可恨二郎太欺人！

张　奎：（唱）叫家将营门外将刀带定。**（上马，夫人拉枪）**

高兰英：（唱）拉住侯爷漫消停，
头一阵拉来杨戬将，
乌烟兽斩在营门上；
二一次拉来杨戬将，
后堂里杀坏老太娘；
若还三次把阵上，
怕的是为妻我命有伤。

张　奎：（唱）我未曾上马心暗想，**（下马）**
我进退两难无有主张，
有心不把军阵上，
又怕杨戬笑一场；
我有心去把军阵上，
夫人她拦刀又挡枪；
头一阵拉来杨戬将，
乌烟兽斩在营门上；

二一次拉来杨戬将，
后堂里斩坏我的老太娘；
若还三次把阵上，
恐怕我妻命有伤。**（想来想去）**
转面我把家将唱，
侯爷把话说心上，
卷了旗，
收了兵，
撤了吊桥关城门，
任他骂来任他攻，
他骂死骂活莫开城。

高兰英:（唱）西岐人马太骁勇，
无故欺压高兰英，
叫家将与我马带定，
我要和杨戬见输赢。**（下场）**

家　将:禀侯爷，夫人出城去了！

张　奎:（唱）听说夫人出了营，
倒叫本公心不宁，
叫家将带马莫消停，
与夫人帮阵扫后营。**（下场）**

（张奎、高兰英双上对杨戬，杨戬败下，高兰英赶下）

杨　戬:（白）高兰英杀法骁勇，等她来时，放起哮天犬伤她。

（高兰英上打，杨戬下，哮天犬上扑，斗口咬战衣，张奎上打狗）

（二人挂风火轮子进帐下马）

张　奎:（唱代板）杨二郎使起了哮天犬，
爪打口咬扯衣衫，
身膀甲锁齐扯烂，
笑坏周营众将官。

高兰英:（唱）恨杨戬放脱了哮天犬，
伤了面皮扯衣衫，
侯爷就把法术占，
杀子牙与我报屈怨。

张　奎:（唱）倒运了如同梦中懂，

一句提醒南柯人，
吹吹口来驾土洞，
周营里去杀姜飞熊。**(入土跳下场)**

高兰英：(唱)我见得侯爷钻土洞，
可恨二郎小畜生，
但愿此去随人性，
杀子牙灭却了姜太公。**(下场)**

第六场　驾洞

(杨任上)

杨　任：(浪头代板)纣王天子太不仁，
宠爱妖女乱朝廷，
保国的元老丧非命，
昏君挖了吾双眼睛，
多蒙师父他显神手，
于我长眼在手中。
下山时师父叮咛清，
忠心保定周室的君。
我出得营门用目瞬，**(张奎从土中过场)**
观见张奎土内行。

(白)贫道杨任，可恨纣王挖去我的双目。多蒙师父，救我仙山，于我手中长眼，眼中长手，上观三十三天日月星斗，下观地狱一十八层。是我观见张奎从土中行走，直向大营去了。莫非偷杀元帅去了？我要早报元帅。**(圆场子)**禀元帅，张奎钻了土洞直奔大营来了。

姜子牙：(内白)这还了得！韦陀何在？

(韦陀上)

韦　陀：(白)侍候元帅。

姜子牙：(白)命你跟着杨任巡营，定要小心了。

杨　任：(白)师弟随着我来呀。

(唱代板)叫声师弟小韦陀，

随兄前去闸阵脚。
你我闸定营门口，
看张奎怎样显手脚。

（张奎从土中上）

张　奎：（唱尖板）行来在前营我出土面。

杨　任：（白）师弟往下打。**（韦陀执杵打下就地起头）**

张　奎：（唱尖板）韦陀闸定难进前，
前营不去到后营转，
后营里去杀姜老汉。**（倒下场）**

杨　任：（唱二六）好笑也，
你说你会谁不会，
你说你能谁不能，
师弟跟我闸后营，
我看你张奎哪里行。

（张奎上出土）

张　奎：（唱尖板）行来在后营门出了土。

杨　任：（白）师弟往这打。**（地下起头）**

张　奎：（白）呔，观见杨任巡营，他手中长眼，眼中长手，上观天窗，下观地狱，大概今晚难以成功。姜尚呀子牙，老子再留你多活一晚了。
（唱尖板）手中长眼的叫杨任，韦陀怀抱杵一根，打得我脑昏头又晕，
料定今晚难成功。**（入土倒下场）**

杨　任：（白）观见张奎走去，我和师弟取笑取笑。师弟，张奎从那里来了，狠狠地打！**（打三下子三把头）**张奎走了，我和你取笑哩。

韦　陀：（白）一句笑话不要紧，打去了彦山半片。

杨　任：（白）真是法力无边，随我去见元帅。**（同下场）**

第七场　猛兽崖

（土行孙押粮车上）

土行孙：（白）我头大身材小，怀儿里揣元宝，要知咱的名和姓，咱就是个地里跑。咱家地里跑土行孙，是我奉了姜元帅之命，来上四乡渡粮，

粮车一齐押奔大营军前效力。娃娃们哪！

（打口哨儿同下场）

（四门人排队）

四门人：（依次报名）天眼杨任。二郎杨戬。奴邓婵玉。降魔韦陀。

杨　任：（白）众位请了，元帅升帐，我等早来侍候。

（二幕起，元帅坐定报名）

姜子牙：（白）本帅姜尚。

（土行孙从中场冒出）

土行孙：（白）元帅上面交令。

姜子牙：（白）收全，渡粮如何呢？

土行孙：（白）元帅，咱家催来的粮，说个卖派的话，又干又好，又细又白，一颗不缺，一颗不少。不知，大伙儿打战张奎，胜败如何呢？

姜子牙：（白）能败不胜。

土行孙：（白）我说元帅呀，何不赐我一支大令，叫我和张奎试豁两下子？

四门人：（白）师弟呀，你去不得。

土行孙：（白）你们都去得，咋还叫我去不得？

四门人：（白）张奎会钻土。

土行孙：（白）他会钻土，我会钻地，还会钻洞洞。

四门人：（白）你身小，他身大，千万去不得。

土行孙：（白）你们说的那是个啥话，我身小，岂不知秤砣不大压千斤哩。元帅呀，别听他们的，叫我试豁两下子。

姜子牙：（白）好，命你打战张奎，邓婵玉相帮。**（众同下场）**

土行孙：（白）不用不用呀。

（唱二六）众师兄把我没有看起，
他说我不大个子低，
秤砣不大压千斤，
我要和张奎黑娃比武艺。

（白）黑娃娃打阵。

张　奎：（唱代板）家将不住地报帐下，
言道有人叫骂咱，
某出得营门用目看，
（看又唱）闪上来一个肉疙瘩。
高嘛没有我的腿板大，

在他娘肚子里学兵法，

(想)留一点人情我逃了吧！

(倒下被土行孙照头一锤)

张　奎:(白)谁?

土行孙:(白)谁? 是我,还能是谁? 我就叫土行孙。

张　奎:(白)你就叫土行孙?

土行孙:(白)你当是哪个你爷爷?

张　奎:(白)你干什么来了呢?

土行孙:(白)我干什么来了? 我打仗来了,我收服你这个黑家伙来了,拾掇你这个黑东西来了,你当干啥来了呢!

张　奎:(大笑)哈……怎么你还一定要杀?

土行孙:(白)我一定要杀。

张　奎:(白)你还一定要战?

土行孙:(白)我一定要战。

张　奎:(白)好好好! 张爷爷已经出了营了,和你斗上几合。

(二人暖战,土行孙朝张奎头上打一锤)

张　奎:(白)嗨,看不出,这个娃娃还厉害。

土行孙:(白)厉害的还在后头哩,来,咱们再战。

(二人打过场,张奎被土行孙从头上打三下,张奎败下场)

土行孙:(白)呀,一下两下,把黑娃打着趴下。**(赶下场)**

(张奎上)

张　奎:(白)且慢,看不出土行孙身屈手快。我不免下得马来,钻进土内,等他来时,一鞭打死。

(土行孙上)

土行孙:(白)这个黑娃前边跑,我在后边赶,就一下子不见了。想起了,我众家师兄言道,张奎会钻土,八成儿入了地了。我也钻进土去寻他。**(入土白)**这家伙在那里。**(照头一锤)**

张　奎:(白)谁?!

土行孙:(白)是我,你当是谁呢!

张　奎:(白)你如何得到土里来呢?

土行孙:(白)你如何得到地里来呢?

张　奎:(白)我师父教会我能钻土。

土行孙:(白)你师父教下的你会钻土,我师父教下的我还会入地,咱是棋逢对手。

张　奎：(白)既是对手，咱两个就在土内战。

土行孙：(白)好，来。

(二人在土内锤对锤打三下，又鞭对锤打三下，土行孙又在张奎的头上打三下，张奎败下)

土行孙：(白)且慢，张奎逃走，渑池难破，我不免上天去见师父，求来大法大宝，再收拾这个黑家伙。呀呸！**(下场)**

(高兰英与邓婵玉分头上对打，邓婵玉败下)

(邓婵玉上)

邓婵玉：(白)且慢，看不到，高兰英泼妇，杀法骁勇，等她到来，我的五花石成功。

(二人对打，邓婵玉用石头将高兰英眼眶打中，张奎上打邓婵玉，邓婵玉下。高兰英昏倒坐)

张　奎：(唱尖板)完了，

众家门人他合了伙，
土行孙娃娃是个怪物；
高嘛没有我的腿板多，
在他娘肚子里学套路。
铁锤一举人难躲；
一高一低难捉摸。
邓婵玉她五花石难躲，
夫人脸打了个青戳戳。
看起来我张奎该倒灶，
恨天怨地加上了寡糟。

(甩发坐一旁，低头纳闷)

高兰英：(唱)见侯爷闷坐不作声，
再叫侯爷细耳听，
土行孙夫妻欺人甚，
你何不杀他把冤申。

张　奎：(唱)我明白了，
夫人与我说明了，
一言提醒梦中人，
急忙执刀驾土遁，
猛兽崖等杀土行孙，
我看娃娃哪里行？**(执刀入土下场)**

高兰英:（唱）渑池关前斗相争，
邓婵玉伤了我眼睛。
只见侯爷入土遁，
量她夫妻命难存。**（下场）**

（张奎上出土）

张　奎:（唱尖板）猛兽崖四面下上了钢，呀呸。

（坐石上）土行孙娃娃哪里行？

（土行孙上）

土行孙:（白）唔呀，是我上得山去见我师父，我说了一遍，吾师言道，叫我前边下山，他后边就来。是我言道，师呀，弟子因何这两天，恼烦得要紧。吾师言道，我弟子呀土行孙，你莫要忧莫要愁，猛兽崖前三点头。**（将头碰在石头上）**这个石头将军碰了一下子，旁人家教下的弟子，会钻石，我不会钻石，玩石而过。

（玩石时被张奎用双刀夹住脖子）

土行孙:（白）谁，谁呀？

张　奎:（白）谁？你猜。

土行孙:（白）我猜，不是二郎，就是哪吒，还有谁和我开玩笑哩！

张　奎:（白）你扭头观看是谁。

土行孙:（白）我当是我师兄弟呢，才是你这个黑家伙。

张　奎:（白）今日落在我手，你把我叫上三声张爷爷，我放你过去。

土行孙:（白）去球吧，我是十二大仙的门徒呢，你把我叫上三声土爷爷，我把这个九斤十四两送给你。

张　奎:（白）娃娃不得活了！**（用刀杀土行孙，邓婵玉赶上也被杀死）**土行孙夫妻一死，渑池之地空虚，我不免回上朝歌，见纣王爷家搬兵去了。**（下场）**

（惧留孙上，掐指算）

惧留孙:（白）唔呀，我弟子土行孙被张奎杀坏，我要报仇去。**（圆场子，碰高兰英上对头）**我当是谁，原是他高家姨，啥时间还开了染房了？脸都乌青的。

高兰英:（白）休走看刀！

惧留孙:（白）慢着慢着，钢刀虽快，不杀过路之人么。**（背语）**我看还是先下手为强，我走了。**（取绳子）**我的捆仙绳下来了。**（将高兰英绑了）**

（姜子牙、众门人上）

众门人:(白)姜元帅,我等把这个泼妇拿住了。

姜子牙:(白)押了高兰英,众门人一齐进城先占渑池关! 惧留孙,土内下上钢铁石,看他张奎哪里逃走。**(同下场)**

第八场　破渑池

(张奎带家将用三眼腔上场)

张　奎:(白)催马,渑池侯张奎,我见了纣王爷。命我前边护守渑池,后边急速发兵到来,呔,家将,催马。

(圆场,姜子牙门人高站城楼)

家　将:(白)禀侯爷,子牙占了城楼。

张　奎:(白)闪开,子牙老朽偷占我的渑池关,你何为人呼也。

姜子牙:(白)漫说是占了渑池,就是你妻高兰英也被我拿住了。

张　奎:(白)呸,我妻是甚等之人,你如何拿她得住?

姜子牙:(白)人来,将高兰英押上城来。

高兰英:(唱)一时未防受了刑,
再叫家将细耳听。
(白)家将过来,对你侯爷去讲,夫人剑枷城上。

家　将:(白)禀侯爷,夫人剑枷城楼。

张　奎:(白)闪开,我的夫人呀!
(唱代板)我见得夫人她戴剑枷,
俺心中如同乱刀扎,
临行时怎样叮咛话,
因何情被这个老朽拿。

高兰英:(唱)侯爷再休讲刚强话,
事到临头说什么!
望你好言去答驾,
千万哀求姜子牙。

张　奎:(唱)见夫人城楼上说上话,
叫我哀求姜子牙,
我两家军阵排战马,

岂能屈膝把缰拉?

硬着头皮讲大话,

开言叫声姜子牙,

若还我妻身有假,

我要把西岐一马踏。

姜子牙:(唱尖板)高兰英的死期到,

剑枷一摧归阴曹。**(将头丢下城去)**

家　将:(白)禀侯爷,夫人已死。

张　奎:(白)抱头来! 夫人呀,高兰英,罢了夫人呀!

(唱尖板)我见得夫人命丧了。

姜子牙:(白)众门人杀出城去。**(同下场)**

张　奎:(唱)珠泪滚滚往下抛。

我见得夫人命丧了,

珠泪滚滚往下抛。

转面来我把家将叫,

夫人头首掩埋了。**(埋头)**

夫人的首级埋得好,

为国尽忠无下场。

转面我把家将叫,

与侯爷带马看过矛。**(带马上马,想)**

(内起战鼓)

手中长眼的叫杨任,**(杨任上)**

韦陀怀抱杵一根。**(韦陀上)**

杨二郎手执三尖刃,**(杨戬上)**

惧留孙法高显本领。**(惧留孙上)**

未曾上马心暗想,

我这里先把家将杀。**(刺家将死)**

姜子牙站在高山岭,**(姜子牙上,高站)**

四下里不住传叹声,

下得马来钻土洞,**(下马钻洞硬不入)**

就地下如钢又如铜。

莫非我张奎今丧命,

保国之事一笔清。

耳旁忽听天鼓响，
天鼓响亮收将星。
四下里门人没动手，
张爷爷不是个朽木头。
黑缨长枪调过手，
立逼张奎自刎头。

（众人杀，张奎死）

众　人：（白）张奎已死。

姜子牙：（白）张奎已死，占了渑池关，歇兵三日，攻打孟津。

（尾声……落大幕）

（剧终）

1998年11月

杨国玉口述、整理

剧情

绝缨会

楚庄王大宴群臣，妃嫔皆从。庄王命蔡姬为众臣敬酒，蒋雄伯趁烛灭戏之，蔡摘其冠缨，暗告庄王。庄王命群臣皆摘冠缨，乃燃烛。蒋感之，请戍昭关。窦越椒反，庄王出走，窦追之，蒋念绝缨之恩，拼力救驾。遇养由基，射死窦，乱遂平。

别名『摘缨会』。

人物表

蒋雄伯——大净	养由基——武生
窦越椒——副净	楚庄王——须生
窦福黄——小丑	蔡姬——正旦
徐存——老生	内侍
公子差——须生	报子
公子英齐——小生	校卫
神无胃——须生	家将
岳斧霸——红生	家院
岳夫人——正旦	四青衣
窦越险——老生	常随

（四青衣摆队，发堂）

蒋雄伯：（坐诗）黄金印斗大统貔貅，

幽王烽火戏诸侯。

自从吕望登台后，

一统江山仍归周。

（白）本帅蒋雄伯，庄王驾前为臣，领王旨意，奔上郊外，越秋三载就要转马还朝，众将，吩咐吾军，与我带马回朝交旨。**（下）**

窦越椒：（诗）口是沙糖舌是刀，

心如狼虎未长毛。

（坐诗）君不君来臣不臣，

杀斩何必奏当君。

私造蟒龙和玉带，

想下杀王谋位心。

（白）窦越椒，楚庄王驾前为臣，昏王无道，不免我买来花花美女，送进宫去，迷乱圣驾，便是这个主意。窦福黄走来。

窦福黄：龙眉凤眼生得，一心想获那智美，窦福黄，耳听爹爹有唤，上前去见。参见爹爹。

窦越椒：我儿少礼。

窦福黄：爹爹唤儿到来，有何大事？

窦越椒：将你唤进前来，前往大街市上去买花花美女，可愿前去？

窦福黄：情愿前去。

窦越椒：待父与你讨银。正是：

为父赐你千两彩。

窦福黄：奔上大街买裙钗。

公子差：庄公御弟公子差。

公子英齐：庄公御侄公子英齐。

徐　存：左班首相徐存。

神无胃：刑部大堂神无胃。

窦越险：大理寺窦越险。

岳斧霸：送旗侯岳斧霸。

窦越椒：开国将军窦越椒。

蒋雄伯：镇国将军蒋雄伯。

公子差：众文武听了，今是我兄王登殿，早来伺候。

楚庄王:(诗)龙头生金雀,
　　　　虎口露银牙。
　　　(坐诗)列国纷纷赛虎狼,
　　　　　能中还有强中强。
　　　　　哪国不尊周天子,
　　　　　一统江山归孤王。
　　　(白)自立国号楚庄王在位,托先君洪福,执掌楚国大事,今逢元旦佳节,观见文武在殿角摆来摆去,想必与孤前来拜节,不免宣上殿来,问个明白。常随,宣文武上殿。

常　随:文武上殿。

文　武:为臣上得殿来,动问大王龙驾可安?

楚庄王:有劳众卿动问,众卿身旁却好?

文　武:与臣赐福,拜节来迟,多得有罪。

楚庄王:有劳众卿,常随摆酒,御弟摆杯。

公子差:酒来!**(常随摆酒)**

楚庄公:众卿,请!

文　武:好气。

楚庄公:观见众卿吃酒不乐,孤茕以前打陈蔡国,收来你家蔡姬娘娘,不免将她宣上殿来,与文武递上杯酒吃。

文　武:慢着!盘古初分以来,哪有君与臣递酒的道理。君与臣递酒,诚恐惹出什么祸乱,如何是好?

楚庄王:孤茕一福能压百祝,不必多言。常随,宣你家蔡姬娘娘上殿。

常　随:娘娘上殿。

蔡　姬:接旨!**(牌子上)**妾妃已上殿来,动问万岁龙驾可安?

楚庄王:上有皇天保佑,下有文武扶孤,何以不安,爱姬你好?

蔡　姬:挂念妾妃!宣妾妃上殿,有何大事?

楚庄王:无事不能宣你上殿?将你宣上殿来给文武递一杯酒吃。

蔡　姬:慢着,盘古初分以来,哪有君妻与臣递酒的道理?君妻与臣递酒,诚恐惹出什么祸乱,如何是好?

楚庄王:爱妃讲话差矣,也不过是君买臣心,有孤当在,怕的什么!不必多言,上前递酒。

蔡　妃:妾妃遵旨。
　　　(唱二倒板)宣王有道家家乐。

常　随:禀大王,殿角无风只灭龙灯。

楚庄王:将灯发着,爱妃上前。

蔡　姬:妾妃遵旨。

(唱慢板)天地无私处处春,
国王有道生祥端,
百姓齐享太平春。
天上有宝天心顺,
地下有宝五谷丰。
朝中有宝出良将,
家中有宝出贤孙。
山中有宝出俊跃,
水中有宝化蛟龙。
有宝进于君王爷,
有孝答报二双亲。
但得忠孝两个字,
酬报君恩自奉亲。

(转尖板)妾妃蔡姬吃一惊,
吓得我胆战心又惊。
哪家臣子不知理,
走上前来忙跪定,
再叫主人你当听:**(提)**
万岁在上,哪家臣子无礼,不该淫戏妾妃。

楚庄王:凭的什么?

蔡　姬:现有盔缨为证。

楚庄王:捧上待孤观看。你先低头。好一文武这就不是,孤命蔡姬与你们递酒,也不过是君买臣心,你也能想淫戏孤的梓童。以自论来本当治罪,莫可,诚恐屈斩王的忠臣。如何是好?孤自有主意。常随,附耳受计。**(牌子)**蔡姬上来,命你以到殿角观看,哪家文武头上无有盔缨,将他扯上殿来,好与他加罪。

蔡　姬:遵旨,(唱尖板)大王当殿旨传宣,
本后上前观分明。
文官头上无有顶,
武将头上无盔缨。

走上殿来忙跪定，
再叫主公细当听：(齐)
文武头上个个无有盔缨。

楚庄王：好一奸妃这就不是，文武个个无有盔缨，难道个个淫戏你不成？明明是孤茕叫你给文武递一杯水酒，是你心中不服，想下加害文武之心，以自论来，我本当……

文　武：(齐白)杀坏我家娘娘，诚恐惹出什么祸乱。

楚庄王：若非文武讲情，定要找下头来，摘了你的单凤，从今往后再不可以上殿，不羞不耻还不下殿？

蔡　姬：遵旨了。

(唱)羞羞答答下殿去，
谁料想落了个满脸红。(下)

楚庄王：(接唱)孤拿大宴待群臣，
殿角无风只灭灯。
哪家臣子不知礼，
想下淫戏梓童心。

(齐)这是文武，今日太平宴不叫太平宴，孤茕改名绝缨会。

文　武：好一个绝缨会。

蒋雄伯：大王在上，昭关乃是久反之地，赐臣一道圣旨，镇守昭关。

楚庄王：听孤传旨，我赐你三千人马，镇守昭关去吧！

蒋雄伯：臣下遵旨了。

(唱)这一会吓得我汗无半点，
吓得我战兢兢心惊胆寒。
辞别了楚大王忙下金殿，
领圣旨带人马镇守昭关。(下)

窦越椒：(唱)我见得蒋雄伯一下金殿，
窦越椒背过将心放宽。
我这里望殿角不言不喘，
我看他无道君讲说甚言。

公子差：(唱)金殿上悬挂的金字牌匾。

公子英齐：(唱)上写着四个字天子万年。

公子差：(唱)从空中飞来了一群孤雁。(下)

公子英齐：(唱)口口儿它叫的国泰民安。(下)

神无胃:(唱)三六九、二五八主人登殿。
窦越险:(唱)选来了阖朝的文武两班。(下)
神无胃:(唱)哪家臣子不知礼?(下)
窦越险:(唱)淫戏娘娘理不端。(下)
窦越椒:(白)大王在上,臣府下有数十对花花美女,善晓弹唱歌舞,送进宫来,相伴龙驾。
岳斧霸:慢着!大王在上,美女送进宫来,诚恐学了纣宠妲己。
窦越椒:大王在上,岳斧霸将大王比作殷纣那无道之君,真乃是不忠之臣,何不与他加上罪来?
楚庄王:你说是他。
岳斧霸:大王休听谗言。
楚庄王:好一岳斧霸这就不是,孤茕待你如同掌上明珠,你也能将孤茕比就无道之君,以自论来我本当……
岳斧霸:念起为臣送旗有功。
楚庄王:念起你送旗有功,将你送旗侯摘职,罚你举家为民,压下五花官爵,下殿去吧!
岳斧霸:谢过大王!
(唱)叩一头将大王皇恩谢了,
送旗侯站殿角自己斟酌。
怪只怪窦越椒将我参倒,
送旗侯摘了职一离当朝。
细思想岳斧霸我还不老,
胯下马手提枪苦挣功劳。
哪一国没有我戴的纱帽,
哪一国没有我穿的蟒袍。
当殿上将大王谢恩别了,
我好比漏网鱼又摆又摇。(下)
楚庄王:窦越椒听旨,赐你尚方宝剑,清查朝政,哪家不忠,先斩后奏。
窦越椒:臣下领旨!
(唱)窦越椒接宝剑合掌大笑,
这半回不由我喜上眉梢。
当殿上赐一礼将主别了,
何一日杀昏王我登龙巢。(下)

楚庄王:(唱)孤拿好心待群臣,
　　　　大臣倒有刺孤心。
　　　　画龙画虎骨难画,
　　　　知人知面难知心。(下)
岳夫人:眼跳心惊,坐卧不宁!
家　院:老爷下朝。
岳夫人:有请。
岳斧霸:(唱)夫人,叫声夫人不好了。
　　　　天大祸事目前招。
　　　　窦越椒想的心不好,
　　　　送旗侯摘职离当朝。
岳夫人:(唱)听得一言吓破胆。
岳斧霸:家院过来,将你家夫人唤醒,待我下边换衣。
家　院:夫人醒得!
岳斧霸:(唱)黄眉周纪报详细,
　　　　武王府报与黄某知。
　　　　立逼他大年初一造了反,
　　　　反出五关投西岐。
　　　　我今离朝有一比,
　　　　好比那黄家父子反西岐。
　　　　在马上捎上青铜利,
　　　　再捎一对画杆戟。
　　　　金字牌匾齐打碎,
　　　　府门外砍倒帅字旗。
　　　　前门掩来后门闭,
　　　　前后府门贴封皮。
　　　　封侯印玺忙挂起,
　　　　来来来随爷奔虎位。
　　　　我一见印玺泪悲啼,
　　　　南征北战挣下你,
　　　　到今天一旦两分离。
　　　　转面我把家将叫,
　　　　将印玺交与越椒贼。

府门外忙把战马鞴，
二堂里与我换路衣。
二堂里与爷把衣换，
府门外与爷带坐骑。
手扳鞍，脚踏镫，
岳斧霸打马离朝里。
心中似滚油，
我今此去有一比，
好比那黄家父子反西岐。**（下）**

岳夫人：（唱）进得深山用目看，
春夏秋冬不一般。
到春来萌芽出土面，
到夏来日晒海水干，
到秋来百花结成果，
到冬来雪打遍地寒。
跃跃照绿窜，
原猿玩要古树边。
弯弯水不断，
涧涧波波荒蒿泉。**（下）**

岳斧霸：（唱）岳斧霸打马离朝班。
（白）劝人休吃粮，
堂前奉爹娘。
太平年间吃粮饷，
荒乱年间奔阵上。
不顾生和死，
热肉对冷枪。
挣下官职望，
帘外镇地方。
一日君恼怒，
刀淋项上亡。
我说你不信。

家　将：官情薄如霜。

岳斧霸：（唱）扭回头来望倒观，

望不见大王金銮殿，
又不见满朝文武官。
元旦佳节主登殿，
文武上殿把君参。
哪家臣子不知礼，
淫戏娘娘理不端。
窦越椒奸党把权篡，
挟定天子谋江山。
当殿上他把美女献，
岳斧霸一旁进忠言。
吾主听言气炸胆，
送旗侯贬职离朝班。
耳旁忽听秀风险。

家　院：禀大人，秀风皆起。

岳斧霸：秀风皆起，想必猛虎下山。与我接马，帮我登高一观。**（猛虎过场）**果然猛虎下山，家院上前伏虎。

岳斧霸：罢了家将。

养由基：小生养由基，想从前一日，窦越椒杀坏我父，小可逃出城来，每日以在深山打猎为生，讲话中间耳听秀风皆起，想必猛虎下山，待我上前伏虎。打死猛虎，喜不自禁，待我讲诗一首：
（诗）豪杰站上岗，
猛虎把人伤。
四蹄冰盘大，
虎尾丈二长。
睁眼如闪电，
张口放豪光。
豪杰来打虎，
打死兽中王。
待我扛了虎尸还家。

岳斧霸：豪杰留步，看我下山来了，请问豪杰高名上姓。

养由基：小可养由基。

岳斧霸：养公他是何人？

养由基：乃是我父。

岳斧霸：原是年侄。

养由基：为何这样称呼？

岳斧霸：我和你父同朝奉君，我名岳斧霸，被窦越椒奏了一本，送旗侯摘职，回家自种自吃。你随我奔上我家，等到时机，你与你父报仇，一同带马启程。**（下）**

窦越椒：习文演武最为奇，威镇列国谁敢欺。

窦福黄：买得美女，早禀爹爹知，参见爹爹。

窦越椒：将美女可曾买来？

窦福黄：倒也买来。

窦越椒：前召将美女带上殿去。

窦福黄：孩儿遵命！**（下）**

窦越椒：此事不妥，诚恐有不悦的臣子，上殿本奏如何是好！我不免带领校卫，奔上午门前去巡查。校卫进来，与我带马一同奔上午门了！

（唱）校卫们与我马带定，

随我巡查到午门。**（下）**

楚庄王：（唱）盘古初分开天地，

尧让位来舜登基。

舜有五臣天下治，

皋陶稷禹契伯益。

尧有一男并二女，

娥皇女英配夫妻。

将身打坐龙位里。

（白）常随，去问殿角何臣击钟。

常　随：禀大王，窦福黄进的美女到。

楚庄王：将美女领进宫去。常随，去问何臣二次击钟。

（徐存击钟）

常　随：徐存击钟。

楚庄王：徐存上殿。

徐　存：参见大王。

楚庄王：少礼，老卿请坐！这也非早朝午选，击钟为何？

徐　存：大王在上，收留美女不大要紧，诚恐学了纣宠妲己。打坐老龙当殿，听臣一本。

（唱）为臣一本奏金銮，

启驾大王听心间。
但若你将美人选,
纣宠妲己失江山。

楚庄王:(唱)老卿上殿拿本动,
孤萇心内明似灯。
(白)爱卿接旨,赐你金丝玉鞭,将花花美女赶出宫去。

徐　存:领旨,起驾。**(王下)**来呀!将花花美女一齐赶出宫去。**(窦越椒带校卫上)**

窦越椒:徐存,我把你个老贼,我于大王选来了花花美女,谁让你上殿谏言,将花花美女一齐赶出宫来,该当何罪!

徐　存:窦越椒,我把你个奸党,谁让你进来花花美女,迷乱圣驾!我手中有刀,杀你奸党。

窦越椒:徐存老贼,你在午门以上骂大臣,我把这老贼……**(杀)**校卫们将尸首扯下去,带马来,回。**(下)**

神无胄:朝事通通乱,如同坐针毡。

家　院:禀大人,窦越椒杀害徐丞相。

神无胄:(唱)刚才家院报一遍,
吓得我胆战心又寒。
猛然睁睛用目看,
睁眼还在人世间。
府门外与我带鞍鞯,
我要上殿拿本参。
行来午门用目看,
见老相死得实可怜。
人役忙把尸首掩,
为弟与你申大冤。
殿角击动金钟响。

楚庄王:(唱)深宫院转来孤楚庄王。
(白)常随,去看殿角何臣击钟?

常　随:何臣击钟?

神无胄:神无胄击钟。

常　随:神无胄击钟。

楚庄王:随旨上殿。

神无胄:参见大王。

楚庄王:爱卿击钟为何?

神无胃:大王在上,窦越椒杀害徐存老丞相。

楚庄王:好恼!

(唱)爱卿与孤奏当面,

一阵阵气得我咬牙关。

孤茕旨意传下殿,

命你抄家去灭官。

(白)老卿听旨,我挂你家二主王爷为正抄,爱卿为副抄,带领三千御林军操杀窦府。

神无胃:起驾!**(齐下)**

(双上场)

神无胃:窦越椒,我观见你穿连折戴,带下这些人马,南征哪里?

窦越椒:南征五里。

神无胃:北征!

(窦越椒将神无胃打死,打仗)

小　卒:吾军大败。

公子差:见大王交旨。**(下)**

楚庄王:爱卿去灭宫,不知吉和凶。

公子差:兄王上面交旨。

楚庄王:收旨,站下,我命你去抄窦府,事体如何?

公子差:神无胃打死,吾军大败。

楚庄王:事到如今,当用何计?

公子差:我保兄王周游列国搬兵。

楚庄王:与孤换衣来。

(二镇殿、公子英齐上)

楚庄王:(唱)可恼奸党理不端,

想谋孤茕锦江山。

当殿上与孤把衣换,

午门外与孤带走战。

(窦越椒上,楚庄王倒下,窦越椒随下)

(楚庄王走马上)

楚庄王:(唱)祥云皑皑遮白天,

杀气腾腾冲人间。

人赛南山白额虎，
马赛蛟龙出水潭。
耳内忽听兵呐喊，
莫非是奸党动兵权。
转面我把御弟唤，
你何不上阵杀杀欢。

公子差：（唱）真天子出来啦无妨无碍，
大将军战场由天主宰。
将兄王按在了柳林之内，
我看他窦越椒领得兵来。
耳内里忽听得兵兵碍碍。

（打仗，公子差败）

（楚庄王上）

楚庄王：（唱）耳边厢忽听响大炮，
莫非是御弟把兵交，
猛抬头又只见人马来到。

（公子差上）

公子差：（接唱）窦越椒武艺强难把兵交。

楚庄王：（唱）御弟与我讲当面，
倒叫为王把心担。
御弟御侄一声唤，
你父子双马战连环。
将兄王按在柳林里，**（打仗，窦放箭，公子差败下）**
打回败仗，我本上昭关搬兵。**（下）**

（蒋雄伯上）

蒋雄伯：领了大王命，校场点大兵。蒋雄伯，领了大王言命，以在校场点兵，将兵点齐，回头一观，大王来也。**（公子差上）**参见大王。

公子差：将兵可曾点齐？

蒋雄伯：将兵点齐，等候大王传令。

公子差：兵撤边关。**（下）**

（打仗，窦越椒败走）

楚庄王：来在险要地，时刻担着心。

（公子差、蒋雄伯上）

蒋雄伯:救驾来迟,多得有罪。

楚庄王:文武纷纷逃窜,你为何舍命救孤?

蒋雄伯:臣报的是绝缨会前未斩之恩。

楚庄王:王才明白了:

(唱)王拿大宴待群臣,
殿角无风只灭灯。
那时若斩忠良将,
此时何人救孤茕。

(齐)爱卿听封,孤封你官复原职,印挂本身。

蒋雄伯:谢过大王。

楚庄王:事到如今,孤到哪里容身?

蒋雄伯:请驾昭关容身。

楚庄王:昭关可是藏龙的所在?

蒋雄伯:倒是藏龙的所在。

楚庄王:与孤保驾,奔上昭关。**(齐下)**

报　子:他兵逃奔昭关。

窦越椒:杀奔昭关。**(下)**

报　子:报,窦越椒杀奔昭关。

楚庄王:不好,马来。**(下)**

养由基:小可养由基,领父言命,校场点兵,将兵点齐,回头一观,父帅来也,参见父帅。

岳斧霸:命你校场点兵,将兵可曾点齐?

养由基:将兵倒也点齐,等待父帅传令。

岳斧霸:吩咐吾军,一涌上马,**(连场)**耳听百兵呐喊,我儿上前接杀一阵。

养由基:请退。**(打窦越椒,败,齐下)**

窦越椒:闪上一位少将,观他武艺超群,不知他是哪门之子,待我问明。**(养由基上)**少将不必乱杀乱劈,请来留名。

养由基:你少爷养由基。

窦越椒:养公是你的什么人?

养由基:乃是我父。

窦越椒:又是我的仇人到了。**(窦越椒败下又上)**我当少将是谁,原来是养公之子。从前我杀害他父,仇人相见,我将他马上的武艺见过,前边就是青河桥,不免我和他比箭,免生后患,又来了。**(窦越椒败)**

（楚庄王、公子差、公子英齐、蒋雄伯上坐）

窦越椒：慢着，你马上的武艺我都见过，你往前面瞧，前面不远就是青河桥，我两家兵扯青河桥，一起比箭。

养由基：漫说青河桥，龙潭虎穴无何惧哉？各传各令，来呀！兵扯青河桥。**（转场）**下马来。

窦越椒：养由基，少将军，你我两家一家站在桥东，一家站在桥西，一家扛桩，一家打驾去射，三箭为止，不避，不保，不驾，不隔；若避，若保，若驾，若隔，不为列国的英雄，乃为小匹人也。

养由基：我家要先射。

窦越椒：我家要先射。

养由基：窦越椒奸党，你家少爷扛起桩来，就让你奸党先射。

窦越椒：你扛起来。

养由基：你射来，奸党你要怎么样？

窦越椒：我先试娃娃的桩稳也不稳。

养由基：你家少爷的桩稳的，你先射来！窦越椒奸党，你头支箭来，从我的头髻所过；二支箭来，从我的耳边所过；三支箭来，你家少爷要耍个奇彩，你家少爷要从口中含你这一支箭。

窦越椒：养由基娃娃，你口中若含我这一支箭，列国举你为头。

养由基：你射来。

窦越椒：呔，头支箭从娃的头髻所过，二支箭从耳边所过，三支箭射着了射着，射他不着，我以上马去和他杀杀来儿，你扛起来。

养由基：你射来。

窦越椒：**（三箭没准）**马来！马来！

养由基：奸党上哪里前去？

窦越椒：我射了你，你不射我你就怕了我了，我和你马上交战。

养由基：窦越椒奸党，要你家少爷不能射你，你下得马来，在我胯下转得三回，你家少爷就将你饶了。

窦越椒：养由基，少将军，我也是列国的英雄，岂能在你胯下转得三回！我扛起桩来，你先射来。

养由基：你扛起来，奸党看你能怎么样。

窦越椒：你拿箭射我，难道说我是死的？

养由基：要我不射，你在我胯下转得三回，我饶你不死。

窦越椒：养由基你看我头戴斗牛凤眼芯子盔，身穿九层泥金桃儿铠，腰系九九八十一根勒甲绦,你来看,只有项下一箭之路,难道说娃娃你是神箭不成?

养由基:这贼头戴斗牛凤眼芯子盔,身穿九层泥金桃儿铠,腰系九九八十一根勒甲绦,难道说我是神射不成?我不免一张弓面搭二扣,一支箭丹凤朝阳,一支箭断送这贼。奸党抬头看箭!

众　将:窦越椒已死。

楚庄王:马踏肉泥,看孤下山来了。

岳斧霸:参见大王。

楚庄王:文武纷纷逃窜,你为何舍命救孤?

岳斧霸:臣报不斩之恩。

楚庄王:还怪孤一时之错,孤封你官复原职,印挂本身。

岳斧霸:谢过大王。

楚庄王:少将何人?

岳斧霸:养公之子,养由基。

楚庄王:跪倒听封,孤茕已在高山顶上亲眼瞧见,孤茕就封你“养一箭”。

养由基:谢过大王。

楚庄王:奸党一死,人心事平,歇兵三日,保孤还朝。

（剧终）

杨国玉口述

太湖城

剧情

东周时姬庆忌造反，孙武子奉旨追剿，不胜，设计命大臣要离行刺庆，要离自残左臂，获得庆忌信任，刺庆成功。庆忌夫人殷梨花率兵为夫报仇，被擒杀，阴魂不散，夜夜前来吴营索命。孙设法坛，开杀戒，用五雷碗降服之。

又名『五雷碗』『鞭打殷夫人』。

人物表

孙武子——须生
伍　员——老生
温　良——须生
马　善——花脸
要　离——老生
阖　闾——小生
姬庆忌——花脸
殷梨花——武旦
四僧兵(小道士)——杂
广成子——须生
中　军
四女兵
四青衣
四内侍
二仙童

第一场　降伐

(龙套引王上)

阖　闾:殿前三棵树,殿后翠花宫。

(坐诗)孤王冠戴九龙头,

太阳一出照各州。

蓝天玉带錾北斗,

龙眉一皱百官愁。

(白)孤茕阖闾姬光在位,今乃是三六九日,孤茕登殿。常随!宣文武上殿。

常　随:万岁有旨,文武上殿。

(伍员、要离、温良、马善上,内喊:上朝)

众　臣:臣等参见万岁万岁万万岁。

阖　闾:众卿平身,一旁坐了。

众　臣:谢座。万岁龙体可安?

阖　闾:就知承问,众卿你们同好。

众　臣:与臣赐福,宣臣上殿,有何朝事议论?

阖　闾:今逢六日,有本者奏上,无本者卷帘散朝。

众　臣:臣下无本。

伍　员:臣下有本。

阖　闾:爱卿奏来。

伍　员:大王容禀。

(尖板)有伍员上殿来拿本相见。

阖　闾:爱卿平身。

伍　员:啊,我的大王呀!**(板)**

启奏了吾的主细听心间:

楚平王登了基朝纲大乱,

父纳了子的妻一十三年。

十三载内宫中朝事大乱,

把一个大王爷项吃刀玄。

我的父上殿去拿本相见,

他不念年纪迈下在牢间。

逼我父修小书来把子调，
他一心把伍门斩断根苗。
大兄长进京去油锅命断，
有为臣游各国来把兵搬。
过昭关险些儿为臣命断，
天保佑地怜念过了昭关。
吾献计全凭着专诸好汉，
鱼藏剑刺王僚一命归天。
有大王登基来对天有愿，
你言说与伍家要报仇冤。
伍子胥上殿来泪流满面，
问大王不发兵所为哪般？

阖　闾：（唱二六）名辅将上殿来拿本相见，
他言说与伍家要报仇冤。
转面来我把温良唤，
再叫马善听心间。
你二人上前好言劝，
相劝名辅将暂缓间。

温　良：（唱代板）大王不必出此言。

马　善：自有末将来承担。

温　良：走上前来拿礼见。

马　善：再叫将军听心间。

温　良：今春莫要报父冤。

马　善：就等来年发兵权。

伍　员：人生在天地间何物为贵？父的骨母的血价值千金，葬了父埋了母黄金入柜，丢父母撇妻子天地不容。

温　良：计不从来且归位。

马　善：再叫大王听心里。

温　良：好话说了多和少。

马　善：仰着面儿全不招。

阖　闾：转面来我把太尉唤，
孤茕有话听心间；
走上前去好言劝，

相劝名辅将莫发兵权。

要　离:大王旨意往下传，

为臣怎敢不进前?

走上前来拿礼见，

叫声将军听心间。

今春莫要报父冤，

就等来年发兵权。

伍　员:人生在天地间何物为贵?

父的骨母的血价值千金。

楚平王杀坏你的父，

你更衣来我便从。

要　离:既不从来且登位，

再叫大王听心里。

好话说了多和少，

仰着面儿全不招。

阖　闾:转面我把众卿唤，

孤家有言听心间。**(齐)**

(白)众位爱卿，名辅将军要与他家报仇，相劝不听，该当何计?

要　离:家有家长，国有大臣，将总领王爷宣上殿来，他说动兵，再好动兵，他说不能动兵，就罢解念头。

阖　闾:就依太尉本奏。常随，宣总领王爷上殿!

内　侍:总领王爷上殿!

孙武子:(诗)头戴金盔云雾飘，

玲珑宝带系满腰。

上阵全凭五雷碗，

手掌八卦太极玄。

(白)山人姓孙名武字长卿，正在班房打坐。耳听吾主召宣，上殿去参。**(牌子，王迎孙武子坐)**

孙武子:为臣已上殿来，动问吾主龙驾可安?

阖　闾:有劳总领王爷动问，总领王爷你好。

孙武子:与臣赐福，宣臣上殿有何军国大事?

阖　闾:名辅将军要与他家冤冤相报，你看能动兵不能动兵?

孙武子:为臣昨日接来一报，

庆忌千岁夫妻，
已在太湖江口造反，
一人兵扎太湖城，
一人兵扎阴胜关，
此路干戈非小，
挂山人统军大元帅，
名辅将军副元戎，
温良马善马战作先，
要太尉押动粮草，
征剿此路干戈。
回朝再与他伍家报仇，
臣心如此，
龙恩上册。

阖　闾：就由总领王爷本奏，众卿听封，就挂总领王爷军中为帅，名辅将军副元帅，温良、马善、马战作先，要太尉押动粮草，未曾行兵，先开得胜筵宴。常随，看酒上来！
（二到板转）今本是三六九孤茔登殿，
殿角里宣来了文武两班。
名辅将上殿来拿本相见，
他言说与他家要报仇冤。
总领王可显得忠心赤胆，
领兵马与孤茔扫灭狼烟。
太湖城庆忌侄心生造反，
打一统连环表要孤江山。
临行时与众卿拿酒相饯，
行胜回孤迎你午朝门前。

温　良：（代板）将他好比天边雁。
马　善：我好比大鹏降临凡。
温　良：一棒将他骨打散。
马　善：连骨带水一口餐。
温　良：当殿上施一礼下了金殿。
马　善：我奔上校场把兵点。（下）
伍　员：金翅雕从空来两边闪闪，

口口儿它叫的国泰民安。
当殿上施一礼莫可久站，
我奔上校场去把兵观。

要　离：当殿上悬挂着金字牌匾，
上写着四个字千紫万年。
身施一礼下金殿，
我这里押粮草奔上边关。

孙武子：（光板转拦头）昆仑顶上学大道，
元始天尊把咱教。
上阵去全凭五雷碗，
手掌八卦太极玄，
站立殿角掐指算。
东南角上起狼烟，
身施一礼下金殿。
我奔上校场去把兵观。**（下）**

阖　闾：（代板）我见得众卿下金殿，
不由叫人把心担。
常随辇车莫怠慢，
把此话先对梓童言。**（下）**

第二场　　起兵

（温良、马善上）

温良、马善：元帅有令，命我二人校场点兵，将兵点齐，言话未罢，副帅来也。

伍　员：你们校场点兵，可曾将兵点齐？

温良、马善：齐备多时，等候元帅传令。

孙武子：不知今日什么当值，待吾袖占一课，原来黑煞当值，待我迁来红沙，盖了黑煞。
（唱尖板）迁红沙忙将黑煞盖。**（众下）（又上）**
（唱代板）马上叫声副元帅，
今本是行兵腊月天。

(转拦头)乾坎艮震在内边，
巽离坤兑四个字。
八卦九宫巧安排，
稳坐马鞍把令传。
大小三军听心间，
鞍前马后随爷跑，
王爷不赖你功劳。
见几个怀抱三环剑，
见几个马后捎铜鞭，
见几个斜打混元伞，
见几个银枪手内玩，
少年将军前开迈。
尽都是十七八九二十以上，
三十以下的少英年。
校场传罢令一道，
耳听副元帅叫声连。

伍　员:稳坐马鞍把令传，
大小儿郎听心间。
马走窄路砍马腿，
擅入良田问斩刑。
号炮三响人马动。

孙武子:(白)前站为何不行?

众　人:离太湖江口四十里遥远。

孙武子:人马列开,温良、马善听令。占山靠水扎营,若有伏兵,你二人攻打头阵。

温良、马善:得令。**(下)**

孙武子:副元帅后边落营。**(下)**

第三场　用计

(姬庆忌上)

姬庆忌:(白)鸡雷嘴公相,面赛恶哪吒。胯下潇洒马,画戟手内拿。啊,孤家庆忌。

报　子:报!

姬庆忌:军报何事?

报　子:孙武子领兵前来!

姬庆忌:再探再报,哈哈,嗨嗨,哎这哈哈!孙武子,骚道,孤家不来找你,你倒前来寻孤家。来呀,与孤打开甲箱,换衣来。**(拿戟下)**

(温良、马善上)

温良、马善:(各唱代板)大帐里领了一道令,

大战三五曹在心。

行来营门勒马等,

等一等,三五到此中。

姬庆忌:(内类板)营门外不住战鼓响,

他言说有人来叫咱。

出得营门用目看。

(开打,温良、马善败下,伍员上接杀)

伍　员:(唱尖板)两个行兵如下棋。

姬庆忌:一来一往见高低。

伍　员:他那里凭的潇洒马,我这里凭的巡河车。

姬庆忌:未在校场分上下,再看两家刀对枪。

(开打,伍员败下又上)

伍　员:庆忌杀法骁勇,等他到来白虎鞭成功。

(庆忌上开打,打三下)

姬庆忌:打得好。**(下)(伍员追下)**

姬庆忌:伍员杀法骁勇,等他到来,一戟刺死……念起他是临潼会上有名之客,等他到来,方天戟将他轻轻地拨落马下。

士　卒:拿住伍员。

姬庆忌:伍员,老匹夫,本当将你一戟刺死,念起你是临潼会上有名之客,挑断缚索,上你娘的马去。

伍　员:哎嗨。**(含羞下)**

士　卒:伍员逃走。

姬庆忌:收兵回营。**(下)**

孙武子:来在险要地,时刻把心担。

(温良、马善、伍员上)

温　良
马　善:……！元帅上边交令！
伍　员
孙武子:收令,胜败如何?
众　人:打回败仗。
孙武子:兵家胜败乃之常理,下边解甲歇缓。**(众下)**山人便说,名辅将军,乃是临潼会上有名之客,今日为何打回败仗,但不知三千岁是什么星宿下凡,待我袖占一课。噢,原来是上方金字雕下凡,名辅将军岂是他的对手！但不知今天什么当值,待我袖占一卜。噢,原来是单背童子当值,但不知道单臂童子托化于何人。待我在八卦上细细查看。噢,原来托化于太尉要离。
报　子:报!
孙武子:军报何事?
报　子:太尉押粮饷到。
孙武子:啊,看将起来天数已定,我将在他身上用计了。来!
报　子:在!
孙武子:太尉到来,饮酒中间暗下一报,就说太尉押来茶草茶豆。快快有请!
报　子:有请。**(下)**
孙武子:要太尉到了。
要　离:到了。
孙武子:请。**(同坐)**不知太尉到来,有失远迎,多有得罪。
要　离:好说,老夫押来粮饷,请元帅查明验收。
孙武子:还查验个什么!
要　离:查验粮饷乃国家常理,焉有不查之理?
孙武子:如此,粮台官!**(内白:在)**将粮打上粮台。**(内白:是)**来,摆宴上来。
报　子:报!
孙武子:军报何事?
报　子:太尉押来茶草茶豆。
孙武子:再探再报,要太尉,你为什么与山人押来茶草茶豆?
要　离:天降大雨,泥泞太大,打湿粮草,望元帅将我海涵海涵。
孙武子:胡说！自古常言讲得却好,粮草乃是三军生命,耽搁本帅大功不成?来呀!
中　军:在。

孙武子:将要太尉扯出帐外去。

中　军:出去。**(要离下)**

孙武子:来呀,战鼓升堂。传要太尉上堂。**(要离上)**

要　离:参见元帅。

孙武子:要太尉,我先问你,你将好草好料押到哪里去了,与山人押的茶草茶豆?

要　离:(起白)只管对你讲说,天降暴雨,打湿粮饷,这也是有之。

孙武子:走!想必是你将好草好料押到王爷千岁那里,与山人押来茶草茶料,耽搁本帅大功不成。来呀,将要尉推下与我杀。

要　离:着,绝无此事,若有此事,我也是一朝太尉,量你也扳我不倒。

孙武子:哈……嗨……这……哈……,你把你太尉看了个大,你把你太尉看了个大,别说你是一朝太尉,即就是一座泰山,我也要将你挪动挪动。来呀,将要太尉推下与我杀。

要　离:好不气……气……气煞人了。**(下)(伍员上)**

伍　员:刀下留人!啊呀元帅,太尉身犯何罪,推下问斩?

孙武子:他与山人押来茶草茶豆,因而问斩。

伍　员:未曾行军,先斩太尉,于军不利。

孙武子:以你之见?

伍　员:以我之见,只可留不可斩。

孙武子:如此你且下边歇息。

伍　员:谢过元帅。**(下)**

孙武子:来呀,将要太尉落桩,押在帅字旗下,重打四十。

中　军:是,下边听着,将要太尉落桩,押在帅子旗下,重打四十。

(内白)一十……二十……三十……四十,打齐。

孙武子:解下来。

要　离:(唱代板)四十板打得我皮开肉绽。

(喝场)两腿上打烂血水流淋。

背地里把吾主一声怨恨,
你不该将帅印挂与他人,
又报门来又告进。
谢过元帅轻打恩。

(白)谢过元帅轻打。

孙武子:将你打了四十,可公?

要　离:公。

孙武子:可服?

要　离:服。

孙武子:公也要你公,服也要你服。大营不用,打奔不营,这是太湖宝剑,中军,插出去。

要　离:好不气……气……气煞人了。(下)

孙武子:中军退堂,山人便说,我将要太尉打了四十。他怎知我的用计,我不免修得小书一封,叫他自拆自解。来呀,起开文房。正是:

相劝太尉莫担忧,
重打四十莫记仇。
太湖江口相争斗,
要离要取庆忌头。
上写山人拜。
下书人走来!

中　军:下书人走来。

下书人:参见元帅。

孙武子:将这一份书信下奔要离营中,叫他有人处莫要拆看,无人处细拆细看。速去!

下书人:是。(下)

孙武子:待我抓笔在手,再修一封。正是:

世事如做梦,
来往一场空。
解开其中意,
入山去修行。
上写山人拜,
副元帅进帐。

中　军:副元帅进帐。

伍　员:参见元帅。

孙武子:你将这下书人奔下流头,等太尉到来,叫他自拆自解去吧。

伍　员:是。(全下)

要　离:(唱代板)未行兵先打我四十军棍,
两腿上齐打烂血水流尺。
背地里把吴王一声埋怨,
你不该把帅印挂与他人。

行来营下忙坐定，

我看他何人到此中。

下书人：禀太尉，元帅在你处有书一封，叫你有人处莫要拆看，无人处细拆细看。

要　离：将书留下，你且下去。

下书人：是！（下）

要　离：元帅在我处有书，待我拆书一观：

相劝太尉莫担忧，

重打四十莫记仇。

太湖江口相争斗，

要离要取庆忌头。

上写山人拜，哎嗨呀！我当为着何来，既为此事，你就该明言讲说，何必左难右难。这般时候我奔上庆忌营下行刺了。

（唱代板）怒气冲天只为仇，

每日怀恨在心头。

若要我把愁眉展，

杀了庆忌才罢休。（下）

第四场　　刺庆

姬庆忌：（唱代板）头戴上九牛凤子盔飘彩，

身穿上唐儿铠锁子连环。

将身儿打坐宝帐内，

我看他何人到此间。

报　子：报，太尉要离到。

姬庆忌：现探，哎嗨呀，我两家现为敌对，他过营干什么来了？吩咐我军，弓上弦，刀出鞘，太尉报门来见。

士　卒：太尉报门来见。

要　离：（唱）出得营来用目瞪，

刀枪把子齐上排。

把你的威武今何在，

呼喊一声找头来。

大呼一声进帐内，

见了庆忌说心怀。

(白)与王爷千岁叩头。

姬庆忌:要太尉，大胆的要太尉，我两家现为敌对，你过营做什么来了?

要　离:王爷千岁哪曾得知，只因孙武子行兵不仁，将我打了四十大板，使我难得与他同僚，投奔王爷千岁营下报复社稷。

姬庆忌:怀抱何物?

要　离:太湖剑。

姬庆忌:呈上来。此是太湖剑，太湖剑。啊，你若是真心，孤家封你执戟郎官。

士　卒:威。

姬庆忌:哎嗨呀！说什么执戟郎官，非是学了专诸刺僚。我营下有你不多，无你不少。这是太湖剑，出去!

士　卒:出去。

要　离:啊！天哪!**(下)**

报　子:报，太尉出帐恨天怨地儿去。

姬庆忌:就命你前去打探，若是假心，找头来见;若是真心，扶进帐来了。**(报子下)**

(唱代板)太尉出帐把我恨，

但不知所为何事情?

三军们前去去打探，

吉凶二字报帐前。**(下)**

要　离:(滚白)罢了大王，大王，啊，我叫了一声大王，大王，总领王爷差我以在庆忌营下行刺，被庆忌爷看出破绽，将我赶出营来，我是怎样行刺了?

士　卒:(内白)太尉等着。

要　离:哎嗨呀，耳听后边有人到来，我该怎处?有了。

(代板)明白了，庆忌差人到此间。哗啦啦宝剑出了鞘，砍去左膀涌真情。

(砍，换衣上，二卒扶阴司板)

梦儿里正走阴间里，十殿里会过五阎君。他言说福未绝粮未尽，差二鬼送出头门。我猛然睁眼用目观，却原来还在人世间。

士　卒:太尉果真心，随我们进营。

要　离:搀我来。**(搀下)**

姬庆忌:(唱代板)三军们打探不见回转，

倒叫孤茕把心担。
将身儿打坐在宝帐内，
等一等太尉到此中。

报　子:报！太尉果是真心,砍去了他的左膀。

姬庆忌:怎讲?

报　子:砍去了他的左膀。

姬庆忌:快快扶进帐来。**(报下,扶要离上)**

要　离:啊,千岁啊。

姬庆忌:啊,太尉啊。**(三眼腔)**

姬庆忌:太尉果是真心,孤家就封你执戟郎官。来！与太尉下边换衣。**(要离下)**太尉果是真心,真心。哈哈……

要　离:哎呀千岁,听说你以在太湖操练水兵,让老夫广见广见。

姬庆忌:有心让你广见,只是无人扛戟。

要　离:老夫情愿扛戟。

姬庆忌:来呀,扛戟上来。**(二卒下又扛上)**众将传令。兵撤太湖江口,等孤家到来传令。**(卒下)(要离扛戟,假意扛不起,后扛起戟)**

姬庆忌:太尉你扛起来了。

要　离:扛起来了。

姬庆忌:扛起了好,哈……马来。**(报子带马)(上马三锤,要离刺庆忌)**。太尉那是怎么样了?

要　离:老夫扛戟不稳。

姬庆忌:你要扛稳些,哈……**(下)**

姬庆忌:(又上,白)接马。**(下马又三锤,要离刺庆忌)**太尉,那又是怎么样了?

要　离:老夫又扛戟不稳了。

姬庆忌:你扛好些。**(上高场)**众将听令,摆阵上来。

(旗手摆阵)

要　离:观见众将摆来摆去,摆下一座长蛇大阵,喜之不禁,讲诗一首,正是:
阵头两面锣,
乃为蛇的眼。
内藏花枪鼓,
乃为蛇的胆。
摆头又摆尾,
红旗尾当先。

好一个长蛇大阵，压赛九里山，可，**(三眼腔)**先见此阵可有变法？

姬庆忌：倒有变法，变阵上来。**(众对摆)**

要　离：哎嗨呀，观见又摆下一座九门连环大阵，喜之不禁，讲诗一首，正是：

号炮雷霆秀，

干戈日月宁。

阵图分八卦，

北斗按七星。

三军留队伍，

万马扎团营。

好一个九门连环大阵！可，**(三眼腔)**千岁，天气炎热，就让众将歇缓。

姬庆忌：众将歇缓。

要　离：哎呀，千岁，你为什么以在两军阵前，刀枪不入？

姬庆忌：太尉哪知，孤家头戴九牛凤子盔，身穿唐儿铠甲，腰系九九八十一条勒甲绦，外套锁子玲珑。太尉你来看，左膀之下只有一戟之地，难道他是神人不成。

要　离：千岁，你的阵势不全。

姬庆忌：哪里不全？

要　离：这边不全。

姬庆忌：哪里不全？

要　离：那边不全，看戟。**(刺庆忌)**

姬庆忌：啊，要离，老奴，谁叫你来？

要　离：天叫我来。

姬庆忌：谁叫你刺孤？

要　离：天叫我刺你。

姬庆忌：呔……本当将尔碎尸万段，念起你是我父王托孤老臣，吃孤一足，跟水去吧。**(要离下)**来呀，驾了快马一匹，奔上阴胜关。早告你那殷夫人得知，就说王爷落马了。罢了殷夫人，殷夫人，啊，殷夫人。

(众抬下)(要离、伍员两边上)

要　离：名辅将军快快搭了扶手。

伍　员：待我搭了扶手，太尉快快上船。**(上船后)**元帅在你处有书一封。

要　离：待我拆书一观，正是：

世事如做梦，

来往一场空；

解开其中意，
入山去修行。
我当为着何来，原来是入山修行，你我作别儿去了。罢了兄啊……兄……**（两边下）**

第五场　驱鬼

殷梨花：**（上发堂）**金紫额乌云压鬓，大红袍烈火烧身。勒甲绦腰中紧系，护心镜压赛顽冰。小金莲足踩金镫，斩将刀手内举轻。赛王母从空降下，蟠桃会大显神通。俺家殷梨花。

报　子：报！王爷落马。

殷梨花：快快将尸抬上！**（报子下抬上）**罢了夫君。将尸掩下，孙武子，骚道，杀坏奴夫，我和你誓不罢休！来呀！与我换衣。**（提刀下）**

孙武子：手掌八卦掐指平，要离刺庆大功成。**（坐）**

报　子：报！殷梨花提兵前来。

孙武子：再探。**（报下）**哈……嗨……哎呀这……哈……，殷梨花，狗泼贱，我没寻你，你倒寻上门来了。众弟子！与我换衣。**（下）（两边孙武子、殷梨花对头）**

殷梨花：孙武子，骚道，杀坏奴夫，我和你一天二地三仇。

孙武子：三江四海之冤。

殷梨花：冰冻三尺。

孙武子：非一日之寒。

殷梨花：来呀，杀。**（卒下）**

（孙武子、殷梨花打牌子，殷梨花败下，孙武子追下）

殷梨花：呔，孙武子杀法骁勇，等他到来，莲花锤成功。

孙武子：哪里走！**（开打，打三锤皇场。皇场完）**打得好。**（对弟子和双女兵打，女兵败，又上）（孙武子下）**

小道士：打回败仗。

孙武子：众弟子呈手来，呈手来。**（孙武子写完全下）**

（道士、女兵开打，道士用定身法拉下。孙武子且上打碗，殷梨花败）

（孙武子外坐）

小道士：拿住殷梨花。

孙武子：绑上来。**（押上）**下站你是殷梨花？

殷梨花：上坐你是孙武子？
孙武子：狗泼贱。
殷梨花：骚道。
孙武子：既被本帅擒拿，何不屈膝求饶？
殷梨花：孙武子，骚道，你非我君，我非你臣，要杀开刀，要吃张口，跪你求生怕死着不成。
孙武子：呔，在本帅面前讲话，性大如牛，怎知我有斩牛钢刀？来呀！将这些狗泼贱，拿在帐外，每人赏她一刀。**（每人拿一刀，起三声战鼓）**看刀。
殷梨花：啊！**（殷梨花及女兵全下）**
孙武子：天哪，啊呀，苍天，杀坏五百女兵，只觉得身体疲倦。众弟子，搀师父来。**（搀下，二幕拉，殷梨花鬼魄上）**
殷梨花：阴魂梨花，孙武子杀坏我五百女兵，是我阴魂不散，今夜晚上奔大营，索命一回。女兵们！随吾来。（下）
（二幕拉开，孙武子内坐，殷梨花又上）
殷梨花：孙武子还吾命来，还吾命来！**（孙武子打碗，阴魂下）**
孙武子：天哪，啊苍天，杀坏五百女兵，晚晚前来索命。众弟子！
小道士：在！
孙武子：看过师父的青灯老捻子，狗肉烧哨子，师父我要大破杀戒。**（孙武子下）**
小道士：哎呀众师弟！师父要大破杀戒，我们赶快准备。
（下取酒、肉、刀、麻鞭、笔、书、符上，放桌上）
大师兄：众师弟，你看这几天都闹鬼哩，我感觉心里有点害怕。咱们伐一趟神。
众道士：好好好，伐一趟神。**（四僧兵，轮流伐，伐完返）**
大师兄：对了，不伐了。赶快有请师父。
众道士：有请师父。
（孙武子坐桌子后，先喝酒吃肉，一完，给道士一人一张符）
（再给每人一杯酒、一口肉。吃完后道士把东西拿下）
（孙武子打麻鞭，打完后，对两个地打，打完）
（广成子上）
广成子：吾乃光华天尊广成子是也。正在洞中修真养性，猛然，心血来潮，言说孙武子动了杀戒，我不前去阻挡，苦海无边。这般时候，待我拉动香火起来。**（下门高站）**
（殷梨花、众女兵上，殷梨花坐桌子上，孙武子上坐）
孙武子：何人挡住吾的去径？

广成子:吾乃光华天尊是也,听吾法语,正是:

吾在仙山修道,
奉旨前来相告。
杀坏五百女兵,
晚晚神哭鬼叫。
听吾良言相劝,
你将阴书回了。
不听吾良言相劝,
难免层从堕落。

孙武子:吾在仙山修行,吴王搬咱进营。太湖江口斗相争,要离单膀刺庆。斩五百女兵,夜夜前来索命。私造阴书一本,留与后世人等使用。光华天尊迈路径,也免得两家没情。

广成子:呔,在吾面前讲话,翻眉吊眼,幸喜我未使混元之宝,若使混元之宝,难免从从杂落。

孙武子:(三笑)动不动提起你混元之宝,动不动提起那混元之宝。自古道,先下手为强,后下手遭殃。众弟子!看过师父的五雷碗。正是:

光华天尊理不端,
驾朵白云把路拦。
贫道手执五雷碗,
打你道行五百年。**(打一碗)**

广成子:好一孙武子,讲话中间,手执五雷碗打来,打去吾脑后莲花三朵,日后我要等你。

孙武子:你在哪里等我?

广成子:我在雷阵口等你。

殷梨花:我也要等你。

孙武子:你在哪里等我?

殷梨花:我也在雷阵口等你。

孙武子:雷阵口前,有仇的报仇,有冤的报冤。**(尾声)**

(剧终)

1992年2月23日

杨国玉口述、整理

游金湖

剧情

唐高宗游金湖，龙公主登舟讨封，险被误为水妖斩处。连辉从龙公主入水，被龙公、龙母招为驸马。藩王野狸狼反唐，镇殿将军白可清挂帅去征，屡败。连辉闻知，持龙公主之宝莲灯镇野狸狼，番乱始平。回朝论功，经龙公主现身说明，遂复原职。

别名『游泾河』『连辉扑江』。

人物表

唐高宗——须生
龙　公——红花脸
刘丙义——须生
龙　母——老旦
龙公主——小旦
龟丞相——丑
连　礼——老生
红鱼精——武旦
连　辉——生角
白可清——黑花脸
李永福——须生
郭　夜——红生
野狸狼——花脸
朝官甲——老丑
朝官乙——老丑
朝官丙——老丑
朝官丁——老丑
连辉母——老旦
红鱼精——小旦
四小鱼
四内侍
四番兵
四校尉
家　院
四船夫

第一场　　查郊

（四将跑马上，唱代板）

李永福：胯下战

马红似火，

红缨红甲赤色多。

南方丙丁就是我，

一颗红心保山河。

白可清：末将生来盖世威，

胯下乘骑黑乌骓。

黑甲黑盔戈无比，

赛过三国张翼德。

郭　夜：三国唯独孔明高，

未离茅庵造宝刀。

青铜偃月造得好，

赐予关公保刘朝。

连　辉：小将生来武艺能，

胜似当年赵子龙。

长坂坡前保幼主，

七进七出闯曹营。

李永福：（白）末将镇京总兵李永福。

白可清：（白）末将镇殿将军白可清。

郭　夜：（白）末将九门提督郭夜。

连　辉：（白）末将独木将军连辉。

李永福：（白）众位将军请了！

众　将：（白）请了！

李永福：（白）你我奉了吾主之命巡查四郊，众百姓金足升业，风调雨顺，五谷丰登。个个口称我主明王佛，唐主得了民心喜事一桩，我等回朝交旨，催马一同回朝了。

（唱代板）奉王旨奔四郊查访民情。**（四将列四角）**

白可清：（唱）众百姓一个个口称明君。

郭　夜：吾的主管山河天遂人性。

连　辉:真不愧是真龙万民之君。
四　将:(同唱)加鞭忙把皇城进,晋见我主奏实情。**(四人同下场)**

第二场　　金殿议事

朝官甲:(唱大浪头)
　　　　三皇五帝年代远,
　　　　尧舜禹汤数百年。
　　　　有道之君民称赞,
　　　　无道昏君骂名传。
李永福:夏桀王宠妹喜妻,
　　　　酒色之君乱江山。
　　　　忠于良言夏汪海,
　　　　后来反悔收江难。
朝官乙:周幽王曾把褒姒占,
　　　　点烟墩诸侯不停蹄。
　　　　自从乱了朝纲的理,
　　　　蒙京城临了化成泥。
白可清:殷纣王宠妲己女,
　　　　尤浑费仲生是非。
　　　　监修摘星欺天理,
　　　　临终烈火一命毙。
朝官丙:周武王西岐立了帝,
　　　　姜太公归山养自身。
　　　　封子各自都称帝,
　　　　一十八国独自立。
郭　夜:晋献公把骊妃娶,
　　　　生下奚齐乱西岐。
　　　　重耳有难我国避,
　　　　随带着狐偃赵衰介子推。
朝官丁:齐湣王纳了邹妃女,

大太子遭诬速逃离。
到后来淖齿欲称帝，
滑王高杆一命毙。

连　辉：楚平王无德纳子妻，
坏事生在皇宫里。
一十七年露了底，
把忠臣伍家死得惜。

（四内侍、四彩女引唐王上，唱浪头）

唐高宗：（唱）有孤王出深宫百鸟朝凤，
侍儿们一个个齐答彩声。
金銮殿全执事摆得齐整，
九龙口双龙灯一片光明。
殿角里金灯炉浓烟滚滚，
笙箫管吹到了五彩接年。
见这满朝文武朝拜礼顺，
绿鹦哥喳喳叫国泰民安。
孤王我要学个尧舜禹汤。
无德君到后来下落不清，
想先祖他也曾把君朝奉。
隋文帝待忠良一片赤诚，
因祖太寿端期要表孝敬，
满朝中文共武拜寿来临。
隋文帝首寿礼为臣隆重，
恨杨广拜寿到我家府中。
太祖母见杨广晕倒不醒，
婆母娘扶到内室中，
奸王一见淫心起，
要和祖父玩象棋，
刚起手先搭他父王江山十万里。
逼祖父搭上窦氏妻，
我先主火从心头起。
一棋盘打贼到地皮，
面带红光上殿去，

言说我先祖谋社稷。
隋文帝信了杨广的语，
罚我举家离京畿，
行走路过临潼山，
杨广领兵杀家眷，
山前山后兵布满，
想要过山难上难，
马三宝来段志贤，
刘弘基来殷开山，
他四人保住了金刚庙，
没让奸王闯下山，
造福的盔缨不见面，
乌骓马杀得不进前，
那时多亏了秦好汉，
救我举家回太原，
群英会杨广断活路，
瓦岗的英雄才扶先祖坐长安。
接宗传代归寡儿，
孤王盼得太平春，
有为王大坐在龙位里。**(入坐)**

众　臣：(唱)文武臣上殿来参拜明君。

唐高宗：(白)文东武西归位。

众　臣：(白)谢主隆恩。**(归坐)**

唐高宗：(白)孤大唐天子李治在位。自朕登基以来，风调雨顺，国泰民安，枪刀入库，马放南山，四下无有烟尘作乱，孤和众卿、百姓同享太平盛世。今年六九之日，寡人临朝，将文武宣上殿来，一同议论国家大事。常随！宣文武上殿见驾。

常　随：(白)万岁有旨，文武两班上殿。

众　臣：(白)臣等遵旨(同参白)臣等上得殿来，动问万岁龙体驾安。

唐高宗：(白)孤上有皇天保佑，下有众卿扶朕，朕无忧无虑，一旨传出，百官可好？

众　臣：(白)有劳明君动问，与臣等赐福了。宣臣上殿有何事议论呢？

唐高宗：(白)这是镇殿将军。

白可清:(白)臣在。

唐高宗:(白)孤命你们,巡访四郊,不知百姓可有怨言。

白可清:(白)启奏万岁,臣等去到四郊,黎民百姓安居升平,户有存粮,物遂人心,老少笑容满面,都称我主是明王佛掌世。

唐高宗:(白)朕有何德能,尊称明王佛?还是先祖的荣耀,看来我李家顺了天意,民才有今日。传孤御旨,与他们免去皇粮国税三春。

众　臣:(白)真是有道的万岁,有德的明君。

连　礼:(白)老臣连礼。启奏万岁,今逢春光盛茂,山川放色,百花争艳之时,百姓游山玩水,人山人海,老幼齐动。金湖美景盛开,真有奇观难遇。臣请我主,去游金湖,不知我主去也不去?

唐高宗:(白)老爱卿所言,甚合孤意。众卿听旨,等到明日,孤去金湖观赏,命镇殿将军、独木将军二人去到湖边,备好龙舟,众卿一同前去了。

(唱代板)老卿公上殿来一本奏朕,
金湖地有美景挤满人群,
常随官与寡人车辇趱定,**(离位上车)**
深宫院见玉环细说分明。

朝官甲:(唱)吾的主赛尧宗天遂人性,

朝官乙:(唱)大唐家代代是有道明君。

(朝官甲、乙下场)

朝官丙:(唱)想先朝无道君骂名留世,

朝官丁:(唱)把多少忠良臣下落不明。

(朝官丙、丁下场)

李永福:(唱)自幼儿习弓马为国效命,

郭　夜:(唱)哪一国有烟尘我等出征。

(二人下场)

白可清:(唱)吾的主到金湖要去玩景,

连　辉:(唱)奔湖边备龙舟迎接主公。

(同下场)

第三场　龙君搬女

龟丞相:(白)我身背的八卦,炸雷响亮,躲在了石板底下,我乃大总管龟丞相的便是。今逢龙公龙母双寿之日,龙儿子、龙孙子都来拜寿,叫我安排酒宴。我备好了寿桃、寿面、鲜肉、鲜蛋还有西葫芦辣蒜,吃得龙儿子流汗,我在一旁偷看。闲话莫谝,龙公龙母来了。

(龙公、龙母同上)

龙　公:奉玉旨威镇水晶宫。

龙　母:代管五湖四海的神。

(坐诗)五湖四海归吾管,

水晶宫中甚威严。

龙　母:今逢两老寿瑞事,安排喜酒在宴前。

龙　公:(白)孤东海龙君敖广。

龙　母:(白)老身东海龙须龙公主。这是王爷！今是我二老寿瑞之期,眼看四海龙君都要来东海,今与你我添寿,我观你因何愁锁双眉呢?

龙　公:(白)龙公主哪知,往年庆寿儿女们都在,今年寿辰,不见我女儿前来,叫人常挂在心。

龙　母:(白)为了这事,又何必作难,不免命红鱼去到南海,搬你我的女儿前来。王爷你看如何?

龙　公:(白)言之有理。这是大丞相!

龟丞相:(白)奴婢在。

龙　公:(白)唤红鱼姑娘前来见我。

龟丞相:(白)遵命！下边听着,老龙主有旨,红鱼来见。

红鱼精:(白)生长水晶宫,行动驾祥云;不怕千层浪,展翅能腾空。奴乃金色红鱼,耳听大丞相喝叫,不知何事?那是总管大丞相,你喝叫啥哩?

龟丞相:(白)红姑娘,是龙主叫你去南海搬龙公主去哩！一路上你要小心,不然就吃亏哩。

红鱼精:大丞相,你不是讲话,你是肚子胀了,放空气哩。

(进白)参见龙公龙母。

龙　母:(白)红鱼,命你去到南海,请你龙公主前来增寿,可愿前去?

红鱼精:(白)奴婢情愿前往。

龙　公:(白)临行之时,带上避水珠。呀！听吾道来了。

（唱代板）今本是孤王寿瑞日，
不见女儿孤心扉提。

龙　母：（唱）红鱼姑娘南海去，
搬你龙公主增宴席。

红鱼精：（唱）叮咛的话儿我牢牢记，
翻山越岭我愿意。
辞别了王爷出宫去，
奔南海不怕受委屈。

（翻身舞下场）

龙　公：（唱）大丞相来听指示。

龙　母：（唱）小心接待来贵宾，
掌灯结彩乐声起，
千万莫粗心大意。

（龙公、龙母同下场）

龟丞相：（唱）把我忙得流大汗，
四个蹄蹄都没闲，
我在安排小龟蛋，
叫他们把各样要闹弄齐全。**（摇头摆尾下）**

红鱼精：（内唱尖板）有红鱼我离了东海岸，**（边走边要红绸子）**
行走如同波浪翻；**（要绸子）**
拨开了浪水往前赶，
奔南海去把龙公主搬。

（红鱼精下场）（龙公主坐洞内）

（四小鱼上，后龙公主上）

龙公主：（唱排子）和风细雨洒江边，弥勒佛呀嗨。

四小鱼：（诗）夜明珠霞光万丈，
避水珠浪起四方。
避尘珠烟雾无有，
避火珠昼夜放光。

龙公主：吾，东海龙君之女，只因生父犯天界，玉帝降旨下来，罚在南海受苦，奴心闻言，心中不忍，愿替龙父来到南海。猛然间想起，今是龙父母双寿之日，怎么无有一人前来？好不愁煞人也！还是愁来愁去愁心肝，愁锁奴的双眉尖。

红鱼精：（白）耶吠！离了东海岸来到南海边，来在宫门，谁在这里？
小　鱼：（白）我在这里。这位红姑娘从哪里前来呢？
红鱼精：（白）从东海而来。龙公主可在宫中？
小　鱼：（白）正在宫中。
红鱼精：（白）烦劳妹妹去禀，就说东海红鱼来见。
小　鱼：（白）你且少等。**（进见龙公主）**禀龙公主，东海红鱼求见。
龙公主：（白）必是龙父所差，快快请进来。
小　鱼：（白）有请红姑娘进宫。
红鱼精：（白）多劳姑姑带进。**（见龙公主，哭，三眼腔排子）**
龙公主：（白）红鱼贤妹前来，多受风浪之苦。
红鱼精：（白）龙公主哪知，今是龙爷龙婆婆双寿之日，不见龙公主到来，龙爷爷双眉不展。奴奉龙婆婆之命，来到南海搬请龙公主来了。
龙公主：（白）来者甚好，你我一同前往东海。众位小妹妹听着，吾要去东海拜寿，你们好好地看守宫门，我明日即来。红鱼妹妹，随同龙公主，前往东海。

第四场　游金湖

（龙舟上，唐高宗高坐，文武排列两边，军白：龙舟已齐）
唐高宗：（白）将舟开往金湖！正是：
唐高宗来坐龙舟，
伸展龙目四下瞅。
石崖流水叮当响，
万年古松岩石排。
百花争艳蝴蝶采，
古庙建在山腰间。
朝拜老幼奉香纸，
牧羊之人喜颜开。
樵夫挑柴穿峻岭，
梅鹿双对越山林。
金湖日照光四射，

打鱼小舟数不清。

高宗举目心花放，

方显我李治一朝君。

（唱三慢板）唐高宗同众卿金湖玩景，

观看山河泉水怪石嶙峋，

望山中生白云峰穿天尽，

金湖面水平静雾气腾腾。

男和女老和少岳庙敬奉，

只听见古寺院古刹钟声，

见一条金河水缠绕峻岭，

天连地水连山山水不分，

一霎时只觉得龙舟不稳，

转面来问爱卿所为何情。

朝官甲：（唱）一时节只觉得龙舟不稳。

朝官乙：（唱）一下子把老夫大吃一惊。

朝官丙：（唱）莫非是水内边鲤鱼活动。

朝官丁：（唱）快快地叫军人停舟莫行。

白可清：（唱）船到了分岔界四下细瞬。

连　辉：（唱）从南海刮来了一股香风。

（龙公主、红鱼精同上）

红鱼精：（白）哎呀，龙公主，我主仆来到金湖，唐天子在此玩景，我们如何过去呢？

龙公主：（白）手执避水珠，冲着过去。

红鱼精：（白）龙公主不可，手执避水珠冲过去，必然浪打船翻，龙驾有失，干了一场何事呢？

龙公主：（白）言之有理，依你的意思呢？

红鱼精：（白）公主可化了原身，上船讨封。

（红鱼精下场。龙公主化身鲤鱼跳上船去）

白可清：（白）禀万岁，有一条鲤鱼跳上龙舟。

朝官乙：（白）待老臣去看！原是一条鱼儿，你把船摇的，呼扇呼扇的，不说万岁爷，连我都大吃一惊。

白可清：（白）鲤鱼上船，不祥之兆，待我射它一箭。

（取弓一箭中鲤鱼脚。红鱼精上）

红鱼精：（白）观见龙公主带伤，待我化了原身上船护主。

（化红鱼一条跳上龙舟护在鲤鱼背上）

连　辉：（白）禀万岁，一条红鱼跳上船来，护在鲤鱼背上，观它之意，有护主之情，请万岁放它归水去吧。

众朝官：（白）鲤鱼上船，莫非是见我主讨封来了。

唐高宗：（白）众卿言之有理，孤免它不死，白将军，送它归水。

白可清：（白）万岁呀！鲤鱼上船欺我主太甚，我送它仰面归水了。

（唱代板）白可清来怒气发，鲤鱼上船欺皇家，青风宝剑往下砍。**（举剑杀鱼，连辉忙挡）**

连　辉：（唱）连辉向前忙住拦，
鲤鱼不曾把法犯，
无故伤生为哪般？

白可清：（唱）冲动龙舟欺皇恩，
我今杀它理当然。

连　辉：（唱）神鱼上船讨皇恩，
未受天子半语封。
转面我把鲤鱼叫，
连辉有言你听根苗：
你今有难连辉救，
连辉有我来担当。
怒冲冲拔了一支箭，
鲤鱼流泪我心酸。
双手推鱼归水去，
站立龙舟怒不息。
夏桀周幽无道理，
殷纣伤生乱社稷。

唐高宗：（唱）少将军言语伤孤意，
唐高宗只得把头低。

朝官甲：（唱）我的老僚兄呀，
少将军讲话失君礼。

朝官丁：（唱）指桑骂槐把君欺。

朝官乙：（唱）看来你娃不成器，
把娃惯成了啥东西。

白可清：（唱）怒冲冲抓住腰中带，**（拉在中场）**

听我把话说开怀，
连门忠字快快地改，
或杀或斩你安排！**（推一把连礼）**

连　礼：（唱尖板）众僚兄一个个质问于我，
倒叫我闭着嘴无话可说，
见万岁低着头合目而坐，
见户部刘丙义翻白眼窝，
怒冲冲扯连辉**（拉在前面）**你……欺君太过，
我一掌推水中命见阎罗。**（打连辉落水下）**

唐高宗：（唱尖板）见连辉落了水随浪而去。
（喝场子）少将军……小连辉……罢了少将军！
不由孤唐高宗泪洒龙衣，
都怪我一时间未解鱼意，
可怜把少将军一命归西。
转面来叫僚兄孤讲于你，
高宗把话对你提，
孤宽怀大量不在意，
今日生出是和非。
回府去老夫人来问你，
该拿何言去应对？**（连礼擦泪）**
传下去龙舟靠岸王回宫去，
将这事要对龙公主提。**（同下场）**

第五场　龙宫救辉

（红鱼精、龙公主扶连辉过场）

（龙君、龙母上白）

龙　公：（白）红鱼去把女儿搬。

龙　母：（白）骨肉之情心相连。

龟丞相：（白）禀王爷，我那龙公主她们都来了！

龙　公：（白）命她们来见。

龟丞相:(白)有请龙公主进宫。

(龙公主、红鱼精、连辉同进,哭,用三眼腔排子)

龙　公:(白)儿呀,这位少年将军他是何人?

龙公主:(白)父王龙母不知,听儿道来……**(排子)**

龙　公:(白)原是我儿救命恩人到了,受我二老当面谢过。**(行礼)**

龙　母:(白)这是王爷,观见少将军眉清目秀,想是前世有缘,不如留在水晶宫招亲。

龙　公:(白)此言有理,这是少将军。看来两人有缘,将我女儿许你婚配,暂住莲花宫,事过之后于你们完婚。大丞相过来,水晶宫大摆宴席,招待四海来宾。正是:

孤家今日双寿齐,

五湖贵宾到宴席。**(二老下场)**

龙公主:(白)多谢少将军救命意。

连　辉:(白)此次你我一样的。**(二人同下场)**

红鱼精:(白)红鱼成了红娘女。

龟丞相:(白)我说你娃要招祸哩。

红鱼精:(白)我说大管家、大丞相,你放出来的蛋,拉线连在一处。

龟丞相:(白)此话里……

红鱼精:(白)是一串串儿的臭屁。**(跳笑着下场)**

龟丞相:(白)这娃才骂我哩,啥话啥话些。

(摇头摆尾地倒下场)

第六场　　反界

(北奴王野狸狼坐帐)

野狸狼:这几日天短夜长,眼看着快过春阳,我邦的人强马壮,一心要攻夺上邦。孤家北奴主子野狸狼,唐世为上,我邦为偏,孤想占领山海关一带,破了长城内外之界,不免与唐朝打去战表,争他娘个上下。便是这个主意。小达儿,与孤家启开文房,提笔来,**(排子)**小达儿过来!这是一封战表,送进中原。速去!**(小达儿下)**众达儿!

众达儿:(白)有!

野狸狼:每日练武,不免两家有一场大战,掩了牛皮帐。正是:
扭转日月换星斗,
打开长安路一条。**(同下场)**

第七场　　祭灵

连　礼:(唱慢板)罢了连辉,父的儿呀,见灵牌不由人悲声大放。
连辉母:(唱)叫一声屈死的亲生儿郎。
连　礼:只怪你年轻人性情太壮。
连辉母:对君王讲语言全不思量。
连　礼:那鲤鱼上了船任它去讲。
连辉母:或是杀或是放圣驾担当。
连　礼:将万岁比纣王欺君罔上。
连辉母:满朝中怨你父教养无方。
连　礼:父觉得面带赤无处去放。
连辉母:把不忠和骂名留在了世上。
连　礼:回府后对你娘我从头细讲。
连辉母:我二老悲声哭裂断肝肠。
连　礼:父子情养育恩挂在心上。
连辉母:二堂里与我儿摆开灵堂。
(同唱)我二老发如霜有谁观望,
到后来谁戴孝送丧奔忙。**(溜)**
家　院:(白)禀老爷夫人,圣驾到。
二　老:(白)快快有请,我二老接迎。
(起曲,唐高宗上,进府,内侍化纸,坐,二老对坐)
唐高宗:(白)罢了少将军,孤的亲,**(叹)**王的小将军呀。
(唱慢板)唐高宗见灵堂泪珠如洒,
少将军亡魂儿细听根芽。
为江山你也曾提刀跨马,
为社稷你也曾东挡西杀。
为唐世对孤王忠心不假,
为连门金字匾孝敬国家。

怪孤王游金湖把事生下，
怪孤王不该把鲤鱼叫杀。
怪孤王未解开鱼见龙驾，
怪孤王那时节一语未答。
众大臣对孤御讲说怪话，
鱼上船不利于国家荣华。
白可清执剑往下去剐，
小将军急忙拉住不叫杀。
二将军争论变脸，
争争闹闹没个啥。
比孤无道之君，
孤不在心下。
推鱼归水你怒气发，
风言浪语你怨孤家。
把这等风言浪语，
王我不牵挂。
老爱卿一时烈火发，
可怜把少将落水王心如雷炸，
只见那江水发红起浪花。
在世无有沾皇恩，
死后加官又封神。
别的神灵不封你，
王封你白马将军归天堂。
耳内里忽听得人声唱。

内　侍:(白)禀万岁,北奴达子犯界,请主金殿议事。

唐高宗:(白)与孤辇车上殿了。

(唱代板)适才间内侍一声传，
北奴达儿犯中原，
常随官与孤辇车上金殿,**(出府上车)**
要扫北奴灭狼烟。**(下场)**

连　礼:(唱)听得北奴犯边境,圣主传旨上龙庭。

连辉母:(唱)老爷请在后堂去,二老还要自保身。**(同下)**

第八场　　别宫降反

连　辉：（白）改头换面水晶宫，龙公主待我恩义深。

龙公主：（白）有缘千里来相会，无缘对面不相逢。**（二人同坐）**这是驸马，近日来奴观你有什么心事在怀？

连　辉：（白）龙公主哪知，自我落水之后，生死存亡二老不知，猛想起白发二老，不由我长吁短叹。

龙公主：（白）将军忠孝，令人敬仰。你出头的日期到了。

连　辉：（白）此话怎讲呢？

龙公主：（白）是你不知，如今北奴造反，你朝镇殿将军去征，兵不得胜，因番奴是上方二郎的哮天犬下界。我命你去到边界，不要露了真名。临行之时妻赐你宝莲灯一台，反贼见灯，自首投降，得功回朝，你先见君。有什么事情，我随后就到，说明因果，天子必然大喜，到了那时，我夫妻二人同拜爹娘，全家团圆，你看如何呢？

连　辉：（白）龙公主言之有理，若到明日，即刻动身，请到下边。多谢龙公主赠妙言。

龙公主：（白）常言道夫妻二字情相连。**（二人同下场）**

（内起战鼓，双方对阵开打，白可清败下）

（四兵引白可清上）

白可清：与番奴打数仗兵不得胜，长城外扎大营谨防番兵。

士　兵：（白）禀元帅，有个道童求见元帅。

白可清：快快地有请。

士　兵：（白）有请小师父进帐！

连　辉：（白）参见大元帅。

白可清：快快与小师父看座。请问小师父由何方而来，到大营有何公干？

连　辉：（白）吾由南海前来，因北奴犯境，侵占国土，欺我中华，各界愤怒，吾今前来愿拔刀相助，保我河山，为万民乐业而来。

白可清：小师父真是佛门心肠，请到后帐摆宴，若到明日，随本帅杀出。小师父请！**（同下）**

（内起战鼓，两家对阵开打，白可清败下，连辉接打）

（连辉败下，番奴三唱场后下，白可清与连辉双上）

白可清：（白）哎呀小师父，打回败仗当用何计呢？

连　辉:(白)大元帅勿忧,你在前边诱阵,等他到来,我自有降贼法宝。

(二人同下)

(白可清与奴接打,白可清下奴赶下,连辉掌灯上等奴)

(双方越场子,奴见连辉立倒在地,白可清执刀要杀)

野狸狼:(白)慢——慢——慢着,我情愿年年进贡中原就是了。

白可清:马前就要贡物。

野狸狼:(白)军阵不便,哪来的贡物呢?

连　辉:(白)将你头上的金冠卸下来。

野狸狼:(白)正是:

孤家带兵争地盘,
杀来战去为河山。
连战数合失了守,
临危头上卸金冠。**(卸冠交白可清,奴等溜下)**

白可清:番奴败走。打了得胜鼓,回朝交旨! 正是:

阵前打鼓阵后雷,
杀得胡儿往后退。

连　辉:卷旗收兵息战鼓,
众将齐声凯歌归。**(亮相下场)**

第九场　　金殿会合

唐高宗:(白)寡人金湖去玩赏,不想把那鲤鱼伤。**(入座)**

朝官甲:禀万岁,镇殿将军得胜还朝。

唐高宗:(白)传孤御旨,镇殿将军上殿。

内　侍:(白)万岁有旨,镇殿将军上殿来参。

白可清:臣参见万岁。

唐高宗:(白)我卿平身归座,扫平北奴可喜可贺。

白可清:为国效力,理所当然。北奴贼的金冠如同降文,请主过目。

唐高宗:(白)常随,将金冠入库。

白可清:启奏万岁,臣平北奴,一来我主洪福,二来有一个道童相助,方可平静了。

唐高宗:(白)那道童现在哪里?

白可清:现在午朝门外候主传旨。

唐高宗:(白)命那道童上殿来参。

白可清:万岁有旨,南海小师父上殿。

(连辉上殿)

连　辉:(白)贫道拜见吾皇万万岁。

唐高宗:(白)免礼看座。请问小师父,家住哪里,姓甚名谁呢?

连　辉:(白)贫道家住京城,姓连名辉。

唐高宗:(白)什么什么……连……京城连辉,孤想连辉金湖落水,哪有死而复生之理,观他来路不明,莫非是奸贼不成?**(想)**胆大的白可清,将不明之人,带进朝来,哪里容得?武士们,将他二人一齐杀。

连　辉:(唱代板)不好,实心回朝保圣驾,谁知又被主来杀,鱼龙公主你把我害了,不知龙公主在哪达?**(推下二将)**

红鱼精:(上,唱尖板)驾一朵五彩云把殿罩了。

朝官甲:(白)禀万岁,殿角起了祥云红光射目。

唐高宗:(白)与孤伴驾,殿角观看个明白。**(离位)**

龙公主:(唱慢板)唐王爷龙位里细听根苗。

吾非是山间坡妖魔邪道,
水晶宫龙君女来把主朝。
你可知游金湖将奴遇到,
上龙舟来讨封闭语不招。
镇殿将执宝剑还要斩了,
小连辉忙拦挡争论不消。
连礼将他送我归了水道,
一霎时龙舟闪起了风潮。
吾有难小连辉一身担保,
他落水奴救他理应相招。
水晶宫招了亲恩情相报,
改了容换了面生死之交。
我命他除北奴来把国保,
不加功反要杀所为哪条?
早早地快把那少将放了,
如不然,长安城一水淹漂。**(下场)**

唐高宗:(唱代板)唐高宗听此言眉开眼笑,
尘世上奇冤情出我唐朝。
当殿上走出就赦旨一道,
杀场上解下来连门根苗。
正是:
孤茕当殿出赦条。
朝　官:(白)看来连门香烟高。
(连辉、龙公主双上遇面)
连　辉:(白)多谢龙公主到得早。
龙公主:(白)夫妻回府奉年高。

(剧终)

杨国玉口述、整理

乾坤鞘

剧情

宋仁宗纳魏芙蓉为妃，不理朝政。皇后吴太贞请仁宗临朝，并斥魏妃。魏妃怀恨在心，遂与丁勇设计假造乾坤刀、鞘，陷害吴后入寒宫，并将其兄吴庭庆拿京入狱。丞相文彦博知吴氏兄妹忠贞，于包拯前诉状。包拯提来丁勇，取回真乾坤刀、鞘面君。遂处斩魏芙蓉，铡了丁勇和魏复臣，明吴后兄妹之冤。

别名『铡丁勇』。

人物表

吴太贞——正旦　皇后
魏芙蓉——小旦　奸妃
宋仁宗——须生　宋王
文彦博——老生　丞相
赵　魁——红生　元帅
魏复臣——大白脸　国舅
吴庭庆——须生　总镇
王州官——小生　州官
包　拯——黑净　丞相
王　朝——杂　校尉
马　汉——杂　校尉
张　龙——杂　校尉
赵　虎——杂　校尉
判　官——净　曹官
丁　勇——毛净　太监
卜　凤——小旦　宫女
金牌官——杂
刀斧手——杂
内　侍——杂
衙　役——杂
宫　人——杂
鬼　卒
卒　杂

第一场　定计

(四内侍引吴后上)

吴太贞:(引)凤在山头卧,乌鸦就地飞。

(念)本后坐深宫,击鼓又鸣钟。

宫娥数十对,个个打采声。

本后吴太贞,以在仁宗驾前坐宫。吾主私宠一妃,朝朝饮宴,夜夜笙歌,不理朝事,文武纷纷议论,诚恐朝中大乱,不免离了昭阳转奔西宫。内侍。

内　侍:在。

吴太贞:趱车伺候。

内　侍:遵旨。

吴太贞:(唱)头戴上翡翠冠百鸟朝凤,

身穿上过肩莽上绣金龙。

腰系上蓝天带上嵌北斗,

足登上凤头鞋八面威风。

耳内里忽听得内侍言禀,

他言说催凤辇来到西宫。

内　侍:禀国母,来在西宫。

吴太贞:车辇斜扎宫门。内侍相传,就说国母驾到。

内　侍:遵旨。谁在这里?

宫　人:做什么的?

内　侍:国母驾到。

宫　人:禀娘娘千岁,国母驾到。

(魏芙蓉、宋仁宗上,宋仁宗躺龙床上)

魏芙蓉:将话往外传,圣上酒醉西宫,压住娘娘罗裙半片,娘娘一旁摇扇驱蝇,身不能自主。国母乃是自家人,愿意进宫了,她就进宫;不愿进宫了,拨车而回,无人迎她。

宫　人:是!过来,娘娘言道:"圣上酒醉西宫,压住娘娘罗裙半片,娘娘一旁摇扇驱蝇,身不能自主。国母乃是自己人,愿意进宫了,就进来;不愿意进宫了,拨车而回,无人迎她。"

内　侍:禀国母,圣上酒醉西宫,压住娘娘罗裙半片,娘娘一旁摇扇驱蝇,身不能自主。国母乃是自己人,愿意进宫了就进宫,不愿意进宫,拨车而回,无人迎接咱们。

吴太贞:站起来,哼!哼!魏芙蓉,魏芙蓉,娃娃当真意思大了,我乃一大,你乃一小,就该出宫迎接才是。不出宫迎接还则罢了,竟大胆命本后自己进去,岂有此理!本该不能进宫,为主江山,暂忍一时。内侍!

内　侍:奴婢在。

吴太贞:将话往内相传,就说国母自己进宫来了。

内　侍:遵旨!过来,将话往内相传,就说国母自己进宫来了。

宫　人:禀娘娘千岁,国母自己进宫来了。

魏芙蓉:传出有请!

宫　人:是!过来,内边有请。

内　侍:禀国母,内边有请。

吴太贞:车辇扎在宫门,魏芙蓉,娃娃意思大了!

(唱)有本后在宫门前思后想,
思在前想在后无有主张。
实可恼魏芙蓉出言无状,
太大胆敢命我自进宫墙。
吴太贞进宫来用目观望,
万岁爷吃酒醉倒卧龙床。
我有心将贱妃迎面一掌,
吾的王降下罪怎样承当?
吴太贞屈双膝跪在地上,
唤醒了吾的主细奏端详。

宋仁宗:(唱)为王的吃酒醉醉而未醒,
是何人龙床上来把驾惊?
猛抬头又只见吴后跪倒。**(起)**

吴太贞:臣妾进了宫了。

宋仁宗:平身。

吴太贞:万岁恩宽。

宋仁宗:坐了。

吴太贞:谢座。

宋仁宗:(唱)问吴后离昭阳所为何事?

吴太贞:(唱)这几日文武臣惶惶不定,

诚恐那外帮反谋主绣程。

宋仁宗:(唱)吴后言说寡人大吃一惊,

又诚恐外邦反谋我绣程。

叫内侍急忙将车辇趱动,

九龙口王要会文武众卿。

吴太贞:(唱)见得万岁出深宫,

回头再叫魏芙蓉。

奸妃过来!我乃一大,你乃一小,不迎接我还则罢了,大胆让我自己进宫。此礼出在哪朝,应在何典?

魏芙蓉:国母息怒,听妹道来。万岁酒醉西宫,压住罗裙半片,妹妹在一旁摇扇驱蝇,身不能自主,国母乃是自己人,由你自己进宫,也无有什么意思。

吴太贞:嗯,今天不打,惯了下次。内侍!

内　侍:奴婢在。

吴太贞:将衣裳宽了,重责四十御鞭。

魏芙蓉:啊……

(唱)魏芙蓉在宫中泪如泉涌,

尊一声吴国母细听分明。

适才间只怪我一时懵懂,

叫国母莫恼怒海量宽容。

吴太贞:骂一声魏芙蓉真道大胆,尔恃宠欺娘娘如同骗天。内侍们趱车辇急忙回转,今日里将贱妃教训一番。唉!真真儿可恼。**(带内侍下)**

魏芙蓉:(唱)四十鞭打得我皮破肉绽,

吴、吴娘娘,吴后哎呀娘娘,

打得我两膀儿疼痛不堪。

将身儿打坐在西宫偏院,

等丁勇他到来细说根源。**(丁勇上)**

丁　勇:(唱)头戴上内侍帽大摇大摆,

叫宫娥和彩女随着我来。

行步儿我来在西宫偏院,

问娘娘你啼哭所为哪般?

魏芙蓉:苦呀!

丁　勇:娘娘啼哭为着何来?

魏芙蓉:丁勇哪知,只因吴国母进得宫来,将我重打四十御鞭,你叫我怎样不哭，怎样不恸？

丁　勇：吴国母在大，你乃在小，还要你忍耐一二。

魏芙蓉：忍耐也忍耐不了许多。丁勇！与你娘娘定得一计，将吴后害死。

丁　勇：噢，待奴婢思忖。

魏芙蓉：你且思忖。

丁　勇：呵，我家娘娘言道，我若不能害人，宫下出入行走与我多有不便，怎敢得罪于她？我可莫说吴国母呀，吴国母！宁叫亏你不能亏我。启禀娘娘千岁，圣上有把琥珀柄刀，名曰“乾坤鞘”，赐予吴庭庆，吴后之兄，镇守潭州。娘娘另外赐奴婢银两，奔上大街暗寻能工巧匠，造一假刀鞘，藏在吴国母龙床之下。娘娘本奏万岁，就说他兄妹私转乾坤刀鞘，要谋吾主十万里锦绣江山。吾主恼怒，将他推下问斩，那时昭阳正院，岂不是娘娘你的。

魏芙蓉：此计甚妙，待娘娘与你取得银来。

（唱）丁勇定下巧机关，
诬陷吴后谋江山。
百两银子交当面，
去大街造鞘及早还。**（下）**

丁　勇：（唱）身施一礼莫怠慢，
奔大街造鞘走一番。

第二场　打后

（卜凤上）

卜　凤：（唱）宫下领了娘娘命，
卜凤低头出深宫。
（白）侍儿卜凤，领了国母之命，去奔御花园中，采花一回了。
（唱）我在宫园莫久停，
御花园采花走一程。**（下）**

（丁勇上）

丁　勇：（唱）娘娘命咱去造刀，
已把刀鞘造成了。

行步来在宫门道，
等卜凤到来说根苗。

（卜凤上）

卜　凤：（唱）紧紧走步莫消停，
急忙去奔御园中。
猛然睁眼用目瞬，
原是丁勇面相逢。

丁　勇：（唱）卜凤，你向哪里去？

卜　凤：领了国母之命，去到御花园中采花。

丁　勇：卜凤，别人不知，难道你还不晓吗？

卜　凤：知晓什么？

丁　勇：咱家御花园中出了妖怪，伤害宫娥彩女无数，你还敢前去？

卜　凤：这却怎处？

丁　勇：无妨，无妨！此前午门来了云游道人，送来刀一柄，你将它藏在吴国母龙床下边，不让别人知晓，藏渡百日，妖怪即除。卜凤，你可要藏好些。

卜　凤：哎呀！
（唱）丁勇说后花园有妖怪，
云游道人送鞘来；
将刀藏在龙床下，
藏过百日免祸灾。**（下）**

丁　勇：（唱）卜凤上了我的当，
要害吴后一命亡。**（下）**

（四内侍引宋仁宗、吴后、魏妃上）

宋仁宗：（唱）魏芙蓉进宫来为王宠爱，
咦，这，哈哈哈！
吃几杯皇封酒头儿懒抬。
十万里锦江山当王不爱，
稳坐在龙床上懒得起来。

（丁勇上）

丁　勇：禀万岁，文武俱齐，请主设朝。

宋仁宗：看了朕的龙袍。

丁　勇：请主验袍，咦！还有钢刀一把。

宋仁宗：呈刀来，呈刀来，我想有刀必然有鞘，丁勇。

丁　勇:伺候万岁。

宋仁宗:宫院找寻刀鞘上来。

丁　勇:**(下,引卜凤上)**已在吴国母龙床下边寻出。

宋仁宗:呈上来,呈上来,此来乾坤鞘!乾坤鞘,孤王有一琥珀柄乾坤鞘,赐予吴庭庆,镇守潭州,为何得到宫下?

卜　凤:哎呀,万岁……

丁　勇:呔!**(怒视卜凤,卜凤下)**

魏芙蓉:哎呀万岁!这是吴后兄妹私持乾坤鞘,要谋圣上十万里江山,何不加罪于她!

宋仁宗:爱姬平身。

魏芙蓉:万岁恩宽。

宋仁宗:胆大吴后,寡人待你兄妹宁厚不薄,竟敢私转埋藏刀鞘,要谋寡人十万里江山,国法难容。爱姬听旨!

魏芙蓉:万岁。

宋仁宗:吴后犯罪,批在你处审问。

魏芙蓉:遵旨。

宋仁宗:丁勇趱车伺候。**(下)**

魏芙蓉:吴后上来,你兄妹怎样私转乾坤刀鞘,何不从实的招来!

吴太贞:无有此事,我招什么?

魏芙蓉:倘若不招,便要用刑。内侍!

内　侍:奴婢在。

魏芙蓉:衣衫剥了,重责八十。

宫　侍:是!**(打)**一十……二十……三十……四十……五十……八十,打齐,招来。

吴太贞:贤妹呀。

(唱)有吴后在宫中泪如泉涌,
叫贤妹坐上边细听心中。
万岁爷他待我恩情甚重,
我怎能藏刀鞘谋主绣城。

魏芙蓉:(唱)骂吴后做此事真大胆,
你不该藏刀鞘谋主江山。
事到此你还敢巧言狡辩,
鞘藏你床下还有何言?

内侍臣趱车辇莫可怠慢，
要把她谋逆事对主明言。**(下)**

吴太贞：(唱)魏芙蓉似蛇蝎狠毒阴险，
她此去见万岁必进谗言。
含悲泪我离了西宫偏院，
我性命好似那浪里舟船。**(下)**

(四内侍引宋仁宗上)

宋仁宗：(唱)将吴后交与了爱姬审问，
但不知藏刀鞘是假是真。
打坐在深宫里心中恼恨，
等爱姬她到来细问原因。

魏芙蓉：(唱)行来深宫门外驻了凤辇，
那吴后生与死在我一言；
进宫来见万岁跪禀当面，
他兄妹转刀鞘是真不冤。

宋仁宗：站起来，爱姬平身。

魏芙蓉：谢主隆恩。

宋仁宗：内侍，宣吴后进宫。

内　侍：万岁有旨，吴后进宫。

吴太贞：(内唱)忽听万岁一声宣，

(丁勇押吴后上)

吴太贞：(唱)吓得本后心胆寒。
此一进宫把主见，
大料出宫难上难。
我若不进宫院去，
难道我甘愿屈死不鸣冤。
我这里大胆进宫院，
奏禀万岁请详参。

宋仁宗：胆大吴后，寡人待你兄妹深厚不薄，为何私转乾坤刀鞘，要谋寡人十万里江山，哪里容得？常随！

内　侍：奴婢在。

宋仁宗：宣武士进宫。

内　侍：遵旨！武士进宫。

宋仁宗：将吴后推下砍了。

（校尉推吴后下）

（文彦博、赵魁、魏复臣上）

三朝臣：刀下留人。文彦博、赵魁、魏复臣有本奏上。

内　侍：站下，禀娘娘，三位朝臣有本奏上。

魏芙蓉：三本不准，叠在一处，火化宫门。再赐宝剑一口，哪家再奏，定斩不饶。

内　侍：众大人过来，三本不准，双叠在一处，火化宫门。现有御剑在此，哪家再奏，定斩不饶。

赵　魁：众位大人，来来来，随俺赵魁进宫去。

众朝臣：慢着，诚恐此去有些不便。

赵　魁：众位大人，当年海寇作乱，圣上挂俺赵魁为帅，平寇不利，折损官兵，回得朝来，吾主恼怒，将我推下问斩，多亏吴国母上殿动本，才救下俺的性命。今日吴国母身遭不白之冤，我赵魁定要闯进宫去，与娘娘辩白。纵然血染丹墀，也落个名留青史了。

（唱）昔日有个老李广，
换刀杀妻救娘娘。
我赵魁要学古人样，
舍命搭救吴昭阳，
迈开大步把宫闯。**（闯宫）**

丁　勇：呔，好一赵魁，竟然闯进宫来。校尉们！

校　尉：呵！

丁　勇：推下砍了！

赵　魁：哈哈，嘿嘿，哈哈哈，杀。

校　尉：**（推赵魁下，砍头，又上）**献头。

丁　勇：校尉们，将赵魁首级悬挂宫门。哪家再来奏本，和赵魁一律问罪。

文彦博：国舅，魏大人，来来来，你我进宫奏本。

魏复臣：慢慢慢着，你们愿奏着去奏，下官性命要紧。

（唱）文相爷年老真懵懂，
怎知我二人心意不相同。
清早间死了吴国母，
到午间吾妹坐正宫。

文彦博：此贼好比奸曹操，欺君罔上压众僚。

魏复臣：把吴妃娘娘逼死了，芙蓉妹正坐昭阳传当朝。**（下）**

文彦博:那贼与曹操一般样,暗与他妹谋昭阳。我这里忙击朝鼓震天响,击动金钟惊君王。

宋仁宗:(**惊,唱**)金钟响叫寡人大吃一惊,

莫非是吴庭庆杀回京城?

我这里龙位忙坐定。丁勇!去看何人击钟?

文彦博:文彦博击钟。

丁　勇:文彦博随旨上殿。

文彦博:来了来了,文彦博参见万岁。

宋仁宗:胆大的文彦博,你乃我朝首相,何事不知哪事不晓,冒冒然然击动金钟,应当何罪?

文彦博:君莫问臣,臣先问君,我家昭阳吴国母,身犯何罪,推下问斩?

宋仁宗:因为她兄妹转乾坤刀鞘,要谋害寡人十万里江山,因此推下问斩。

文彦博:慢慢慢着!

(念)堂堂七尺躯,

提防三寸舌。

舌尖为龙泉,

杀人不见血。

君听臣该死,

父听子遭灭。

兄弟失手足,

夫妻惨离别。

朋友断来往,

五伦尽丧绝。

我家吴国母兄妹私转乾坤刀鞘,虚实不知,吴庭庆有一日还得朝来,问道我主,我主该拿何言答对?

宋仁宗:咦,这个!依老卿本奏。

文彦博:依臣本奏,将吴国母解下桩来,暂囚寒宫。我主当殿出下金牌,为臣回府修下公文一角,差人下奔潭州,王州官拿来她兄吴庭庆,我们文武两班,以在朝堂审问,审下口供,再奏我主定夺。

宋仁宗:此本正是。老爱卿听旨:将吴后解下桩来,暂囚寒宫,寡人当殿出得金牌一面,我卿回府修公文一角,差人下奔潭州,王州官拿来她兄吴庭庆,你们文武两班在朝堂审问,审下口供,奏明寡人。正是:

孤以好心待大臣,

哪料大臣起歹心。**(下)**

文彦博:画龙画虎难画骨,知人知面不知心。

校尉们,带马伺候!**(转圆场下马)**

校　尉:有。

文彦博:启开文房。**(牌子)**金牌官进来。**(金牌官上)**

文彦博:这是金牌一面,公文一角,晓谕潭州王州官,拿来吴庭庆,不得有误。

金牌官:领牌。**(下)**

文彦博:我可莫说吴国母呀吴国母!你兄妹若有私转刀鞘意,难逃杀身一命毕。**(下)**

第三场　　进京

(衙役引王州官上)

王州官:(引)尔俸尔禄,民膏民脂。**(金牌官上)**

金牌官:谁在这里?

衙　役:干什么的?

金牌官:金牌到。

衙　役:禀爷,京中金牌官到。

王州官:有请。待我出迎。

金牌官:圣上有金牌,文相公文一解,命你去拿吴庭庆。接牌!

王州官:天,哎呀天!圣上有得金牌,文相有得公文,待我拆文一观。**(牌子)**呵,我当着何来,原是吴后兄妹私转乾坤刀鞘,要谋圣上十万里大业。圣上有得金牌,命捉拿吴庭庆。我想他乃在大,我乃在小,我是怎样的拿法?啊,有了。我不免换了亵衣小帽,背插钢锋,跪在辕堂,口呼施刑。他有来言,我有去语。来!

衙　役:有。

王州官:与爷换衣来。**(换衣)**带马!将爷远送一场。

衙　役:送老爷。

王州官:人役们!老爷走后,好好照看衙下之事,老爷回衙重重有赏。听爷嘱托呵。**(牌子,下)**

(张龙上)

张　龙:众将,辕门几鼓?

众　将:二鼓。

张　龙:催马上关。中军张龙,大人升庭,早来伺候。来呀,催马!

(四卒引吴庭庆上)

吴庭庆:(白)梦寐甚惊坐卧不宁,前厅不住转后厅,却怎么心神不定?本镇吴庭庆,与宋为臣,奉王旨意镇守潭州。昨夜晚鼓打三更偶得一梦,梦见白头老翁站在床边,说吴庭庆吴总兵,你朝国母有难,你还不救,在此打盹。梦醒惊得我一身是汗,因此上早坐帅堂。呵嘿呀,观见,帅字旗无风自动,必有军情来报。左右!

士　卒:有。

吴庭庆:中军进帐!

士　卒:有请副爷。

(张龙上)

张　龙:张龙告进,伺候大人。

吴庭庆:中军听令,赐你大令一支,辕门候事。

张　龙:得令。

(王州官上)

王州官:谁在这里?

张　龙:王州官慌张为何?

王州官:大人可曾升厅?

张　龙:正是。

王州官:禀明大人,就说王州官身背宝剑,跪在辕堂,口呼大人施刑。

张　龙:吠!你自站了,中军报门。

吴庭庆:讲!

张　龙:禀大人,王州官身背宝剑,跪在辕堂,口呼大人施刑。

吴庭庆:哎天,哎呀天!王州官身背宝剑,跪在辕堂,口呼大人施刑,莫非圣上命他拿本公来了?哎咦,我想吾妹现坐昭阳,朝廊无事还则罢了;倘若有事,难道说不与我暗里通风报信,还是本公多疑?中军!

张　龙:有。

吴庭庆:王州官进帐。

张　龙:王州官进帐。

吴庭庆:胆大的王州官,观看你身背宝剑,跪在辕堂,口呼大人施刑,莫非捉拿本公来了?

王州官：大人，圣上有金牌到来！你兄妹私转乾坤刀鞘，要谋圣上十万里江山，可曾是实？

吴庭庆：（惊倒）

（唱）听罢言把我的魂吓散。

张　龙：吠！王州官，有什么大事就该慢讲，吓坏大人，这个担儿你担还是我担？

王州官：先唤大人。大人醒得。

张　龙：大人醒得。

吴庭庆：（唱）三魂七魄飞九天。耳内急听人呼唤，哎呀，不好了！睁睛还在人世间。背地里我把妹妹怨，吴国母，吴娘娘，哎呀吴娘娘！你怎么惹下这祸端？无奈何闷坐帅府院，是何人解去我心上烦？

张　龙：（唱）张龙一旁用目观，

见大人低头纳闷无一言。

可恼奸臣将人陷，

何不起兵除奸谗。

大人就该以在潭州插旗造反，兵发京畿与我家吴国母冤仇相报。

吴庭庆：你说反得？

张　龙：反得。

王州官：大人，反不得！

张　龙：反得。

吴庭庆：你说反得，反是反了！

（唱）一句话激起了本公虎胆。

大丈夫又岂能待死受冤。

忙到帐中取令箭，

叫声中军你听言。

张　龙：伺候元帅。

吴庭庆：（唱）营门外，把令传，

晓谕众将齐攀鞍。

个个儿郎把铠换，

兵发京地灭奸谗。

王州官：大人，你吴家辈辈忠良，今日造反，骂名岂不留于后世！

吴庭庆：（唱）未曾上马把镫踩，

王州官苦劝本公跪尘埃。

我吴家世代忠良为镇帅，

怎能反叛把骂名挨。
细思想莫把别人怪，
自己的妹妹多无才。
纵然我进京把命坏，
吴门要落个忠孝牌，
兵撤回暂住辕门外。

张　龙：大人，既然将兵撤回，就该去了官服。

吴庭庆：（唱）叫中军你与爷换衣来。哎，换衣来。

张　龙：大人进京，末将无物当报，奉上水酒一杯，与大人壮一壮虎威。

吴庭庆：（唱）手端上紫金杯泪如泉涌，
叫了声王州官中军张龙。
此一番进京去恐难侥幸，
虽一死要落个万古留名。
假若还蒙圣恩能得活命，
返潭州咱三人再叙旧情。
回头来观虎帐珠泪双倾，
帅字旗空中绕八面威风。
两廊下摆枪刀行列齐整，
辕门外铁旗杆上挂金铃。
想当年上任来前呼后拥，
到今日离潭州冷冷清清。
叫中军你与我将马带定，
又只见众将官大放悲声。
丢不下潭州的将士兵勇，
丢不下潭州的儿女百姓。
传下去众将官一齐免送，
我好比飞蛾儿自去扑灯。**（下）**

张　龙：（唱）见得大人已登程，
我这里随后同进京。
王州官接过了潭州印，
你代管本州的众兵丁。
辞别了王州官跨金镫，
我匆忙随行探事情。**（下）**

王州官:(唱)见得大人去进京,
倒叫本州操心中。
若要我把心放下,
除非大人回潭州。(下)

第四场　审吴

(文彦博带校尉上)

文彦博:呼嘿!(引)金牌奔潭州,未见转回京。

内　侍:魏国舅到。

校　尉:禀相爷,魏国舅到。

文彦博:有请!

(魏复臣上)

魏复臣:文相爷请了。

文彦博:魏国舅请。你我先拜先王御容。

魏复臣:回拜先王御容。这是文相爷,你发牌去拿犯官,吴庭庆可曾拿来?

文彦博:差人去拿,还未见到来,再候一报。

(卒解吴庭庆上)

士　卒:禀爷,吴庭庆解到。

文彦博:有请。

吴庭庆:(念)心中时刻加忧愁,
何日才展双眉头?
参见文相爷、魏国舅。

魏复臣:吴庭庆上来!你怎样私转乾坤刀鞘,要谋圣上大业?何不从实招来!

吴庭庆:相爷、国舅容禀了!
(唱)吴庭庆跪下来一言告禀,
叫相爷和国舅细听心中。
万岁爷他待我恩情甚重,
我焉敢转刀鞘谋坐朝廷?

魏复臣:(唱)听罢言来怒冲冲,
哈哈,嘿嘿,哈哈哈!

阵阵恶火往上升。
今日倘若不招承,
管叫你命丧我手中。
犯官上来!我问你有招无招?

吴庭庆:没有此事,该招什么?
魏复臣:呔!不动大刑,料你不肯实招!校尉们!
校　尉:呵。
魏复臣:看大刑伺候着。
校　尉:是。
文彦博:哎嗯!吴国舅上来,你看这王法岂肯轻容?
吴庭庆:呵,文相爷一旁与我递话,说是我招,唉,有招。
魏复臣:哪怕你不招?
吴庭庆:圣上,臣的主,今为乾坤鞘之事,何不屈煞为臣了!
魏复臣:吴庭庆上来!口供上却怎么将你儿吴召未曾写在上边?
文彦博:慢慢慢着。这是魏国舅,你怎知他子吴召?
魏复臣:他和我乃是同乡故友,我怎得不知!
文彦博:既然同乡故友,忠臣之子隐瞒不住,怎忍一旦献出?
魏复臣:这样不忠之臣,一子不留!
文彦博:国舅爷,你我审问犯官,要拿出一番公心。
魏复臣:什么叫做公心?
文彦博:你往上边看。
魏复臣:上有皇天。
文彦博:你往下边瞧。
魏复臣:下是厚土。
文彦博:好道却又来,人亏天不亏,终究有轮回。睁眼往上看,苍天岂容谁?
魏复臣:我就是这样的审法。
文彦博:我就看你的审法。
魏复臣:我就是这个问法。
文彦博:我就看你的问法。
魏复臣:吴庭庆上来,我问你有招没招?
吴庭庆:没有儿子,该招什么?
魏复臣:倘若不招,便要动刑。校尉们!看大刑伺候。
校　尉:是!

文彦博：嗯，嘿！
吴庭庆：文相爷二次与我递话，说是我有招。
魏复臣：哪怕你不招！
吴庭庆：吴召儿，吴召儿！今为乾坤刀鞘之事，竟将我儿也扯在内了！
魏复臣：文相爷，我把犯官交与你，我要上殿交旨。校尉！
校　尉：有！
魏复臣：外厢打轿伺候！
校　尉：是！
魏复臣：告辞。
文彦博：不送。
（魏复臣下）
文彦博：吴国舅站起来，就使你受惊了。
吴庭庆：此惊非小！文相爷，就该设计搭救我兄妹的活命。
文彦博：老夫怎样搭救你兄妹？适才京报报道，我弟子包拯陈州放粮回得朝来，老夫说与他知，好来搭救你兄妹的活命。
吴庭庆：仗文相爷。
文彦博：来！请吴国舅入狱。
校　尉：请吴国舅入狱。
文彦博：（念）此事儿无法奈何！
吴庭庆：（念）但不知何日结果？**（同下）**

第五场　毒卜

（王朝、马汉引包拯上）
包　拯：（唱）陈州放粮回朝转，
耳听百姓纷纷言。
都说是国母身遭难，
要我与她明屈冤。
叫王朝催马莫怠慢，
不分星夜回朝班。
（卜凤上）

卜　凤:(唱)适才京报一声传，

言说包拯回朝班。

(白)侍儿卜凤，适才京报报到，言说包拯还朝。我不免前去拦轿告状。叫声丁勇、魏芙蓉，大料你二人性命难保了!

(唱)可恼丁勇魏芙蓉，

谋害国母我知情。

我急忙设法出宫去，

包相爷那里把冤鸣。**(下)**

(丁勇上)

丁　勇:(唱)卜凤她要去喊冤，见了娘娘说一番。娘娘在上，奴婢有请。

(魏芙蓉上)

魏芙蓉:怎么样了?

丁　勇:包拯还朝，卜凤女子要拦马告状。

魏芙蓉:这却怎处?

丁　勇:无妨，无妨!我这里配上毒药，放在酒内，将卜凤宣进宫来，赐她一杯酒吃，将她毒死，与她个死口无对。

魏芙蓉:此计甚妙。宣卜凤进宫。

(卜凤上)

卜　凤:(引)虽是女流有肝胆，要与娘娘鸣屈冤。侍儿卜凤，娘娘有宣，进宫去参。卜凤参见娘娘。

魏芙蓉:卜凤站起来!这是卜凤，你到宫下几载了?

卜　凤:五载了。

魏芙蓉:娘娘待你如何?

卜　凤:甚厚不薄。

魏芙蓉:既然娘娘待你不薄，今日再赐你一杯酒吃。

卜　凤:呵，娘娘，奴婢我就不会饮酒。

魏芙蓉:咦!这个……

丁　勇:呔!娘娘与你赐酒，好好饮来。

卜　凤:哎!(唱)今日赐酒好奇怪，

倒叫卜凤解不开。

将酒拿在廊下饮。

丁　勇:速快用来。

卜　凤:谢过娘娘。

魏芙蓉:出宫去吧!

卜　凤:(唱)一霎时腹内疼痛为何来?

　　　　　是是是我明白了! 她要害我命,狠毒似猎豹。

卜　凤:丁勇,害人的贼子……**(死)**

丁　勇:启禀娘娘千岁,卜凤不出气了。

魏芙蓉:啊,不出气了,扯出宫去。

丁　勇:哎啊呀,娘娘,不好了!

魏芙蓉:你惊慌什么?

丁　勇:圣上若问卜凤,你我该拿何言答对?

魏芙蓉:无妨,无妨! 圣上若问卜凤,就说卜凤身得急病而亡。

丁　勇:哎呀,娘娘千岁,又不好了!

魏芙蓉:你又怎么样了?

丁　勇:闻听人说,包拯陈州放粮,回得朝来,要访明此事,你我焉能得生?

魏芙蓉:无妨,无妨! 定得一计,再将包拯害死。你看如何?

丁　勇:害包拯啊? 哎呀,这怕难!

魏芙蓉:不难。

丁　勇:难得很呀!

　　(唱)娘娘叫我害包拯,

　　　　丁勇听见害头痛。

　　　　他也曾铡四国舅,

　　　　你我恐要同路行。

　　　　心神不宁出西宫,

　　　　害包拯恐怕是计难成。**(下)**

魏芙蓉:(唱)见得丁勇出了宫,

　　　　但愿他设巧计除却黑包拯。**(下)**

第六场　　探宫

(文彦博上)

文彦博:(唱)适才报子一声禀,

　　　　言说包拯回朝中。

将身且在午门等，
我弟子到来说分明。

（包拯上）

包　拯：（唱）行来午门用目瞬，
见了恩师打一躬。
那是恩师！

文彦博：我弟子回朝了，这咳，哈哈哈！

包　拯：恩师身膀却好？

文彦博：为师尚好，弟子你好？

包　拯：有劳恩师挂念弟子。这是恩师，弟子这几载不在朝廊，朝内还出什么新的事故无有？

文彦博：呵，你问朝廊之事。

包　拯：正是。

文彦博：大……大……大乱了！
（唱）万岁爷家新收宫，
收来了奸妃魏芙蓉。
她一心想把昭阳坐，
要害吴国母丧性命。
她爱心腹太监贼丁勇，
魏复臣本是她长兄。
他三人暗中把计定，
吴国母含冤囚寒宫。
我弟子此间莫久停，
到寒宫拜国母细问屈情。

包　拯：（唱）恩师对我讲一遍，
背过身儿心自参。
寒宫里去把国母见，
把详细情由问一番。**（下）**

文彦博：哎（唱）文彦博来笑哈哈哈，
我弟子包拯回朝阁。
大料你奸谋定要破，
丁勇、魏芙蓉！
铜铡下情债难逃脱。**（下）**

（吴太贞上）

吴太贞：（唱）有本后在寒宫泪如泉涌，
思想起满腹冤十分伤情。
万岁爷家新纳宠，
宠爱奸妃魏芙蓉。
她一心想把昭阳坐，
要害本后丧性命。
她爱心腹太监贼丁勇，
魏复臣本是她长兄。
他三人暗中把计定，
陷害本后囚寒宫。
盼望包拯回朝转，
好与本后把冤明。

（包拯上）

包　拯：（唱）来到寒宫用目瞬，
宫门上锁又贴封。
想当年坐过开封府，
试一试方儿灵不灵。
包文正上前拜一拜，
听得金锁响连声。
包文正上前拜二拜，
金锁簧儿冒二分。
包文正上前拜三拜，
金锁掉在地面上。
推开宫门向内望，
国母还在梦寐中。
走上前，忙跪定，
唤醒了国母问分明。

吴太贞：（唱）昏沉沉正做南柯梦，
忽听耳边有人声。
猛然睁睛用目瞬，
有一位官员跪寒宫。
前容儿未曾瞧得见，

后影儿好像是包卿。
你若是包拯将身起，
本后有冤要你明。

包　拯：（唱）包拯叩头谢恩情，
站起身来搭一躬。
问娘娘不在昭阳院，
为什么囚禁在寒宫？

吴太贞：包卿！
（唱）未曾开言泪盈盈，
再叫包卿听心中。
万岁爷家新纳宠，
新来一妃魏芙蓉。
她一心想把昭阳坐，
要害本后丧性命。
她爱心腹太监丁勇，
魏复臣本是她长兄。
他三人串通把计定，
将本后屈囚在寒宫。
包卿此间莫久停，
你快与本后把冤明。

包　拯：（唱）国母对俺诉冤明，
不由包拯气满胸。
（白）丁勇、魏芙蓉！
（唱）你二人今遇在包拯手，
管叫你铜铡之下丧残生。**（下）**

吴太贞：（唱）本后心中喜气生，
爱卿包拯进了京。
他铁面无私忠心耿耿，
定能与本后把冤明。**（下）**

第七场　审丁

（王朝、马汉引包拯上）

包　拯：王朝、马汉！启开文房提笔呵。**（牌子）**王朝、马汉！相爷陈州放粮，一路苦累了你们，每人赏你元宝一锭。

王朝、马汉：谢过相爷。

包　拯：回来！有赏亦有差，赐你火签一支，办好此事还则罢了；倘若办不好此事，相爷要你吃铡。

马　汉：这是银子，还有啥呢？**（看）**火签一支，内宫去拿丁勇，咦！我想丁勇以在九重深宫，枪扎不透，雁飞不到之地，我是怎样的拿法？我不免与王朝放下。

王　朝：马汉分银子么，你可该走咧！这个大木头你连银子都不要，待我先将银子收拾了。这又是什么东西？**（看）**火签一支，内宫去拿丁勇，内宫去拿丁勇。咦！我想丁勇以在九重深宫，枪扎不透，雁飞不到之地，我是怎样的拿法？有了。去到午门，见了文相爷再作道理！

（唱）见火签不由人加上煎熬。

我在这开封府莫可久站。

午门上见文相细说一番。**（下）**

（文彦博上）

文彦博：（引）朝王已毕下金阶，

文武大臣退朝班。

将身打坐午门上，

休息一时好回还。

王　朝：（唱）王朝大叫不好了！

（王朝上）

（唱）冷汗淋淋似水浇。

低下头儿往前跑，

见了文相说根苗。

（白）文相爷速快搭救小人个活命。

文彦博：王朝，你随你家相爷陈州放粮一回，犯了你家相爷什么大法？站起来，有相爷一面承担。

王　朝：相爷，你叫小人起来，小人才敢起来，你老人家不叫小人起来，小人跪死在这里也不敢起来!

文彦博:不怕什么,站起来。

王　朝:你老人家叫我起来,我就起来咧!

文彦博:王朝,你跟随你家相爷陈州放粮,犯了你家相爷什么大法了?

王　朝:相爷,我家相爷陈州放粮回得朝来与你老人家送了大大的个人情。

文彦博:什么人情?呈来。

王　朝:相爷,这个情还要袖儿筒来筒去。

文彦博:什么人情还要袖儿筒来筒去?呈来,呈来。

王　朝:我就呈来了。**(欲走)**

文彦博:哼!站在那里,忙着为何?嗯!元宝两锭,不稀罕,不稀罕!

王　朝:我就走了。

文彦博:哼!站在那里,忙着为何?咦!这又是个什么东西?

王　朝:小人我就走了。

文彦博:嗯!你忙着为何,是火签一支,内宫去拿丁勇。内宫去拿丁勇?王朝我把你个大木头,丁勇在九重深宫,枪扎不透,雁飞不到之地,相爷我是个文职官员,我是怎样的拿法?

王　朝:哎呀,文相爷,你老人家在朝官居一品首相,拿贼不到。小人乃是手下之人,如何拿贼得到?文相爷,你我定计拿贼。

王　朝:相爷。

文彦博:王朝你说什么?

王　朝:你老人家说咋办就咋办。

文彦博:这是个什么计?

王　朝:什么?不成计。不成计了,我就没有计了。

文彦博:你我大家想来。

王　朝:有计了。

文彦博:王朝,你有什么计了?

王　朝:我是忙人无计。

文彦博:相爷有一计,未知可使得?

王　朝:你老人家有什么妙计?

文彦博:你吩咐儿女百姓,扮些秧歌社火,扮得热热闹闹,相爷诓爷诓贼出宫,那当儿拿贼也在你,不拿贼也在你。

王　朝:相爷,可恨小人不能见他,若还见他,慢说他是一个人,就是铁铸罗汉,铜打金刚,小人上前一摇,把他也要摇颓。

文彦博:你就去吩咐他们。

王　朝:百姓们听了！文相爷命你们扮些秧歌社火,要扮得热热闹闹,文相爷重重有赏。相爷,小人吩咐过了。

文彦博:王朝,我把你个大木头！

(唱)我和王朝把计定,
要诓丁勇出深宫。
行来宫门搭躬请,
请出千岁说分明。

(丁勇上)

丁　勇:来了,来了。

(唱)耳听相爷一声请,
咱家只得出深宫。
走上前来搭一躬,
相爷有请因甚情?

(白)文相爷,你请我为何?

文彦博:千岁哪知,大街市上,儿女百姓扮的秧歌社火,十分热闹,请千岁到那里,观看观看！

丁　勇:文相爷,咱家心上有事,不便奉陪。

文彦博:哎,你来吧！

(唱)叫声千岁莫加愁,
你随老臣大街游。
无有赏赐尽在我,
看看秧歌和社火。

(百姓扮社火)

文彦博:哎,慢着,慢着！百姓们,你们都扮的什么故事?

百姓甲:扮的是米粮川鞭对锏。

文彦博:啊！二鬼拉纤。千岁,你看他们扮得好也不好?

丁　勇:哎,扮得好,扮得热闹,扮得干净。

文彦博:好,千岁就该赏施他们。

丁　勇:咱家出得宫来,未做准备。

文彦博:就该拆惠拆惠。

丁　勇:好好好,咱家出得宫来,随身拿一串金珠,赏赐他们。

(百姓抢)

文彦博:慢着,慢着! 百姓们,可识得与你们赏金珠之人,这就是宫院那个丁……

(王朝争上拿丁勇)

王　朝:拿了。**(绑丁勇)**。相爷,拿来。

文彦博:啊。**(付火签)**

王　朝:相爷拿来。

文彦博:啊。**(付银)**

王　朝:文相爷,小人叩头相谢。

文彦博:呵嘿呀,怪道我弟子做官以来屡破奇案,他的手下人,就是这么样眼疾手快,老夫一个丁字刚刚出口,他们就拿住绑去了。哎呀不好,我弟子审问此贼必有重刑,这贼熬刑不住,若埋怨老夫,将老夫攀扯事内,如何是好? 哎咦,我想我弟子深知老夫为人,他又将老身便怎么样呢? 正是:

闭门莫管窗外月,

不问他人是与非。**(下)**

包　拯:(引)天下衙门朝南开,本相烈性开北门。

(王朝扯丁勇上)

王　朝:禀爷,拿来丁勇。

包　拯:阉狗,见了本相为何立而不跪?

丁　勇:包拯,黑贼,你家千岁出世以来,上跪君王,下跪爹娘,岂能与你下跪!

包　拯:哇,死在目前,还是这样硬嘴铁舌。王朝、马汉!

王朝、马汉:呵。

包　拯:将狗皮扯了!

王　朝:是。

包　拯:丁勇,胆大的阉狗! 怎样安排奸计,要害我朝国母一死? 何不从实招来。

丁　勇:包拯,黑贼! 你家千岁不比他人,今天打坐开封府上,我看你是怎样的审?

包　拯:你纵有铜嘴铁舌头,敢和王法作对头!

(唱)迎头先打四十板,

然后再夹一夹杆。

丁　勇:有招,有招。

包　拯:松刑,命贼招来。

丁　勇:我可无有招的。

王　朝:禀爷,无招。

包　拯:好贼呀!(唱)脑骨锁箍住鞭子打!

丁　勇:呀,有招。
王　朝:禀爷,有招。
包　拯:松刑,命贼来招。
丁　勇:我招你娘个大八字。
王　朝:不招。
包　拯:好贼呀!(唱)十指缝里下竹签。
丁　勇:哎慢着,我有招。
王　朝:禀爷,有招。
包　拯:松刑,命贼招来。
丁　勇:我可无有招的。
王　朝:不招。
包　拯:听刑着!(唱)铁索烧红腰中系。
丁　勇:哎,我有招,有招!
包　拯:松刑,命贼招来。
丁　勇:我可无有招的。
王　朝:禀相爷,不招。
包　拯:好贼呀!(唱)将铁铧烧红足下蹬。
丁　勇:我有招,我有招。
王　朝:禀爷,有招。
包　拯:松刑,命贼招来。
丁　勇:我可无有招的!
包　拯:咦!我将五刑都用了,这贼宁死全不招。转面我把王朝叫,端来煎油耳孔浇。王朝,与阉狗煎油灌耳。
王　朝:是。(灌油)禀相爷,丁勇绝气。
包　拯:咦,我想并未伤及脏腑,焉能绝气?王朝看水激醒。
丁　勇:(唱)昏沉沉正走那黄沙路径,
　　　　忽听得耳边有人声。
　　　　我猛然睁睛用目瞬,
　　　　哎呀,不好了!
　　　　见包拯堂上正威风。
　　　　熬刑不住说实话,
　　　　再叫相爷你当听。
　　　　刀鞘之事我不晓,

卜凤女子她知情。

王　朝:禀相爷,这贼言说卜女子知晓。

包　拯:这贼招来招去,又攀扯一人。王朝、马汉,将贼用大链子锁拿下去!

王朝、马汉:是。

包　拯:王朝,这是一签,奔上内宫去提卜凤。

王　朝:是。**(下)**

包　拯:马汉,这是一签,奔上潭州去取刀鞘。

马　汉:是。**(下)**

(王朝上)

王　朝:禀相爷,卜凤死故了。

包　拯:咦!这贼招来招去,招了个死人。此事离不了本相过阴。王朝!打扫凉尸床,看了阴木枕侍相爷过阴。**(下)**

(判官上)

判　官:吾曹官是也!

包　拯:曹官请了。

判　官:请了!文曲星来幽冥为何?

包　拯:阳世间有一事不明,烦带曹官提卜凤到来,待我审问。

判　官:鬼卒们打进丰都城,展开生死簿,待吾一观。**(牌子)**文曲星,卜凤不在阴府。

包　拯:向哪里去了?

判　官:已在西城我佛台前听经去了。

包　拯:烦劳曹官提来卜凤。

(鬼卒上)

鬼　卒:遵法语,**(下,又上)**禀上神,卜凤提到。

(卜凤上)

判　官:文曲星,请来问过。

包　拯:卜凤上来,怎样安排定计,要害我朝国母一死来在幽冥,何不从实招来?

卜　凤:哎,爷爷呀!**(牌子)**

包　拯:曹官,我将卜凤拿奔阳世审明此案,仍然送至阴府。

判　官:尽在文曲星。

包　拯:卜凤何不入袖?请!正是:

天上有上神。

判　官:地下有狱门。

包　拯:门外三级浪。
判　官:平地一声雷。**(下)**

第八场　　铡丁

(包拯、王朝、衙役上)
包　拯:(引)稳坐开封府,宋王是龙咱是虎。
(马汉持刀鞘上)
马　汉:交签,将刀鞘取到。
包　拯:呈上来!**(看)**此乃乾坤鞘,乾坤鞘。王朝、马汉移了公案,王朝。
王　朝:有。
包　拯:将话往内相传,相爷陈州放粮一回,回得朝来,请主设朝。
王　朝:是谁在这里?
(内侍上)
内　侍:干什么的?
王　朝:我家相爷陈州放粮一回,回得朝来,请主设朝。
内　侍:如此你往下站!再往下站!你再往下站!什么地方岂是你站的?
王　朝:嗯!
内　侍:你嗯,你嗯,你嗯什么?吾是个骨头,你把吾啃两口。**(向内)**禀万岁!包拯陈州放粮一回,回得朝来,请主设朝。
宋仁宗:(内白)包拯乃是有功之臣,免三天不来朝参。
内　侍:遵旨。过来!你家相爷乃是有功之臣,免他三天不来朝参。
王　朝:禀相爷!万岁口旨,相爷有功之臣,免相爷三天不朝参。
包　拯:哪个朝参?往上抬。王朝过来!
王　朝:是。
包　拯:相爷陈州粮一回,行至途中,接民间几张状子,冒头主语太大,请主设朝。
王　朝:是。
内　侍:你又干什么哩?
王　朝:我家相爷陈州放粮一回,行至途中,接民间几张状子冒头主语太大,请主设朝。
内　侍:吾与你传。你往下站!再往下站!你再往下站!

王　朝:是,是,是。

内　侍:(向内)禀万岁,包拯陈州放粮一回,行至中途接来民间状纸几张,冒头主语太大,请主设朝,有得紧急,本章上奏。

宋仁宗:(内白)包卿陈州放粮一回,他乃有功之臣,辛苦他了,免他七日不来朝参。

内　侍:遵旨。过来！你家相爷陈州放粮一回,他乃有功之臣,辛苦他了,免他七日不来朝参。

王　朝:禀相爷,万岁口旨,相爷乃是有功之臣,辛苦了相爷,免相爷七日不来朝参。

包　拯:哪个朝参？再往上抬,王朝过来！

王　朝:有。

包　拯:三次往内相传,相爷陈州放粮一回,行至中途接了民间几张状纸,冒头主语太大,请主设朝。有得紧急,本章奏上。设朝还则罢了,倘若不能设朝,先王恩赐八名校尉,又赐八条御棍,一个个手执御棍打进宫来,硬要吾主设朝。你与我传……传……传。

王　朝:过来！我家相爷陈州放粮一回,行至中途接到民间几张状纸,冒头主语太大,请主设朝,有得紧急,本章上奏。设朝还则罢了,倘若不能设朝,先王恩赐八名校尉、八条御棍,一个个手执御棍打进宫来,硬要吾主设朝。你与我传,你与我传！

内　侍:哎呀,吾的爷呀！你往下站。

王　朝:是。

内　侍:你再往下站！

王　朝:是。

内　侍:再往下站！

王　朝:站在哪里？

内　侍:吾的爷,你就站在那里！看见多少吃生米子的,没见过这个东西好比蝗虫,连谷秆子都吃呢!**(向内)**禀万岁！包拯陈州放粮一回,行至途中接到民间几张状纸,冒头主语太大,请主设朝。设朝还则罢了,倘若不能设朝,先王在世恩赐他八名校尉、八条御棍,打进宫来,硬要我主设朝。

宋仁宗:(内白)待我设朝。

魏芙蓉:(内白)设不得朝,掩闭宫门。

内　侍:遵旨！掩闭宫门,看你要怎么样！

王　朝:相爷,圣上掩闭宫门。

包　拯:咦,圣上掩闭宫门,这却怎处？有了！卜凤何不出袖,赐你纸牌引路将奸妃扯出宫来。

(卜凤鬼魂扯魏芙蓉上)

卜　凤:奸妃上来,你怎样设谋定计要害我朝国母一死,何不以实招来?

魏芙蓉:包卿呀!**(牌子)**

包　拯:奸妃有了口供,看大链子,绊在丹墀,移去公案,待爷上朝。**(下)**

(四内侍引宋仁宗上)

宋仁宗:(引)金砖玉瓦午朝门,太湖石上卧麒麟。孤大宋天子仁宗在,今逢设朝之日,内侍开放龙门召宣大臣。

内　侍:开放龙门召宣大臣。

包　拯:上朝参见,吾主万岁。

宋仁宗:爱卿平身。

包　拯:吾主恩宽,为臣已在潭州取来刀鞘,我主观看。

宋仁宗:呈上来!**(看)**此乃乾坤鞘,乾坤鞘! 孤王宫院也有把。内侍!

内　侍:奴婢在。

宋仁宗:室内讨刀鞘上来。

内　侍:是。**(下,又上)**刀鞘到。

宋仁宗:呈上来。**(看)**此乃乾坤鞘,乾坤鞘呵! 二鞘对在一处,果然难分真假。包卿听旨,奸妃、奸贼犯罪,批在你处审问,审出口供,上殿交旨。领旨下殿!

包　拯:奸妃奸贼犯罪批在我处审问。王朝、马汉!

王朝、马汉:有。

包　拯:奸妃犯罪可以万剐、凌迟。再提丁勇、魏复臣到府。备铜铡! 将丁勇、魏复臣二贼扯上来。

王朝、马汉:啊!**(下,扯丁勇、魏复臣又上)**剐人的刀在爷手上。

刀斧手:有。

王　朝:将奸妃凌迟处死。

刀斧手:是。**(剐死魏芙蓉)**奸妃已死。

王　朝:禀相爷,奸妃已死。

包　拯:扯下去!

王　朝:请相爷验铡。

包　拯:(念)堂鼓叮咚震府衙,
铁面无私掌刑法。
无论皇亲与国戚,

犯王法一律赴铜铡。

本相包拯奉王旨意监斩二贼。王朝、马汉！

王朝、马汉：有。

包　拯：（唱）将二贼，入了铡口道。

（念）王法并律条，不犯最为高；阉狗成奸佞，国舅谋龙朝。害人终害己，自己把祸招；二贼犯王法，铜铡难脱逃。

（唱）不由本相怒冲霄，

转面我把二贼叫，

本相把话说根苗。

（白）胆大的二贼死在本相铡口，你悔也不悔？

丁　勇：今犯你手任尔所为。

包　拯：哎！二贼死在目前，还是这样倔强。来呀！你与相爷开铡。

（监铡丁勇、魏复臣，同下）

（四内侍引宋仁宗上）

宋仁宗：（引）一事刻心头，叫孤昼夜愁。

（包拯上）

包　拯：上朝，参见万岁。

宋仁宗：平身。

包　拯：万岁，为臣剐了奸妃，铡了二贼，与臣科上罪来。

宋仁宗：哪有我卿之罪？

包　拯：吾主恩宽。

宋仁宗：内侍宣吴后兄妹上殿。

（吴太贞、吴庭庆上）

吴庭庆、吴太贞：哎万岁！

宋仁宗：吴后呀！吴后仍坐昭阳，吴庭庆官复原职回镇潭州，让寡人设宴庆贺。

（同下）

（剧终）

刘兴汉　口述

三元征北

剧情

明仁宗时，驸马郭威得浴池国王避尘宝珠引起边患，圣上命郑国公常茂和郭威两路出兵御敌。进兵路上，郭见新状元杨清与徐凤英行聘，欲以避尘珠为聘强娶凤英。凤英女扮男装带珠逃走，改名余龙真，郭即杀杨、徐两家。杨清改名易天信，逃至中途与凤英相遇，结为兄弟，一同进京。徐凤英献宝，得进宝状元，杨清中文状元，常九京获武状元。郭威即奏圣上，令三元出征。三元打败番兵回京。常茂奏明杨、徐及郭威之事，仁宗降旨杀了郭威。徐凤英与杨清成亲。

别名『避尘珠』『双白笔』。

人物表

明仁宗——须　生
常　茂——须　生
郭　威——武　生
监军道——武　生
徐宝宝——小　生
徐员外——老　生
康　儿——花　旦
徐凤英——小　旦
杨　清——小　生
店　家——小　生
木三花——武　生
郭　凤——武　生
常三刚——武　生
常五长——武　生
常九斤——武　生
常　氏——老　旦
常千金——小　旦
庄　丁——老　生
家　院
兰　环
报　子
大内侍

第一场　　洪喜坐殿

（四龙套摆队）

（明仁宗上）

明仁宗:（白）龙门比天高,无事不把金钟撞。

（内坐）孤王登基天下安,
刀枪入库马归山。
四路无有烟云乱,
君民齐享太平年。

（白）孤洪熙在位,自朕登基以来,风调雨顺,五谷丰登,万民安康,普天同庆。只因那北国王子,前来天朝进贡。孤未见北国王子,叫孤心中忧。今是三六九日议论国事之期,观见侍臣来也。

大内侍:万岁！北国有表奉上殿来,请万岁过目。

明仁宗:奉上龙桌打开待朕一阅,北国打来战表,要争上下,不免将驸马宣上殿来商议此事。驸马上殿!

大内侍:万岁有旨,宣驸马上殿!

郭　威:父王龙体驾安？宣儿臣上殿有何事商议？

明仁宗:北国达王造反,该命何人征剿？

郭　威:待儿臣思来。(暗想:哎呀,北国达子造反,莫非以前毒酒夺宝之事发了？有了,我亲自挂帅,叫常家父子一同征北。胡儿杀了常家父子除了内患,常家父子杀了达王除了外患,给他来一个一箭双雕。)万岁,北国胡儿造反,挂儿臣为帅,常老国公副元帅,常家弟兄为马战先锋,我和老国公两路进军扫平北国狼烟。

明仁宗:皇儿言之有理。待孤王宣征伐旨一道,宣旨下奔常府,孤起驾回宫。

（同下）

（监军道上）

监军道:（白）头戴骨骨帽,宝刀腰中吊。要知咱名姓,代营监军道。咱家监军道黑心郎,驸马升帐由我侍候。

（龙套摆队）

郭　威:（唱）船到江心点翠开,
一股香风扑满怀。
手扳云梯折桂花,

金枝玉叶陪伴咱。
群仆妻前君递酒,
三宫主母插宫花。
满朝文武齐喝彩,
当朝驸马首一家。

(白)本公驸马郭威,只因那年药酒毒死北国王子,本公得了避尘珠一颗,今北国达子领兵前来,本公挂帅出征,和常老公兵分两路,今日黄道吉日传令起兵。来呀,监军首觐见!

监军道:报门参见驸马,驸马有何吩咐?

郭　威:监军道听令,大令一支,与你少爷郭凤,点动全部人马即日启程。

监军道:得令!

第二场　送礼

徐宝宝:(唱)东西二庄结秦晋,
端阳佳节喜气生。**(坐)**
坐书房银灯高照,
读四书苦看文章。
四书五经腹内藏,
何一日名登金榜。

(白)小生徐宝宝,今日端阳佳节,我姐姐订婚送礼之日,我父命我设席挂画,这般时候待我挂画上来。这边忠孝结义,那旁四老四少,作诗一首。正是:
八月中秋白露,
路旁行人歇凉。
小桥流水桂花香,
每日千思万想。
读书需要宁静,
宁静好看文章。
四书五经腹内装,
何一日名登金榜。

将画挂齐,有请爹爹!

(徐员外上)

徐员外:宝宝一声请,上前观分明。

徐宝宝:爹爹万福。

徐员外:罢了,命你设席挂画,可曾安排妥当?

徐宝宝:谨遵父命,爹爹请观。

徐员外:挂得好,挂得好!

庄　丁:员外,西庄送礼人拉的骡子备的盒子,花红彩礼来到庄门了。

徐员外:吩咐下去,动乐接客。你我一同前去!**(同下)**

(起乐转浪头,郭威带监军道、四兵上,唱代板)

郭　威:(唱)带领人马向北行,

威风凛凛鬼神惊。

正行走忽听鼓乐动,**(起乐接唱)**

监军道进前听分明。

(白)监军道过来!向前问过,哪里来的鼓乐之声?

监军道:(白)下边听着!哪里来的鼓乐之声?

大内侍:(内白)东庄有个徐员外,西庄有个杨解元,两家行财下聘礼,中间有个刘媒婆,长下两片好大脚。

监军道:谁问那些淡话?

大内侍:(内白)不淡不淡,午间还有花花细面。

监军道:禀驸马,东庄有个徐员外,西庄有个杨解元,两家行财下聘礼,中间有个刘媒婆,长下两片好大脚。

郭　威:谁问那些淡话?

监军道:不淡不淡,午间还有花儿细面。

郭　威:吩咐大军随你家少爷前行,小队随我来进庄。**(圆场)**唤过徐员外!

监军道:徐员外走出。驸马千岁到了。

徐员外:耳听人呼马叫,不知何人来到?

监军道:这是驸马千岁,路过你庄向前见过!

徐员外:小老参见驸马千岁。

郭　威:本公人马路过你庄,人困马乏,就该接待接待一二。

徐员外:小老庄小民穷,千岁人马甚多,接待不起!

郭　威:本公三二人也,接待不起吗?

徐员外:这个……驸马请到客厅。

郭　威:监军道吩咐人马庄外休息,你我一同前去。**(四兵倒下场)**
徐员外:驸马请坐。小老吩咐一声,庄丁摆酒上来。
郭　威:观见他家客厅挂下一幅好画,真乃是妙手天才也,不免唤来徐老问过此人。监军道唤过徐员外!
监军道:徐员外走来!
(徐宝宝跟徐员外上)
徐员外:粗米淡饭,千岁莫怪。
郭　威:不必如此!我来问你,你家客厅那幅字画,何人所画?
徐员外:不瞒千岁,小女所画。
徐宝宝:千岁,那是借下人家的。
郭　威:你不必多言。员外,你女和哪家订亲?
徐员外:和西庄杨解元结亲。
郭　威:定是一个穷秀才!
监军道:简直是把一朵鲜花插牛粪上了。
郭　威:员外,我看了杨家聘礼,嫁给我儿郭凤,享不尽的荣华富贵。
徐宝宝:驸马千岁,我那姐已经早年许给人家了。
郭　威:他是何人?
徐员外:我儿徐宝宝不会讲话。
郭　威:嘿!父在前,子不言,参前讲话。监军道,赶出去。这是我家避尘珠一颗,作为订亲之礼。监军道,附耳来。**(把珠交给监军道,下)**
监军道:员外把宝珠放在桌面三日抬亲。如其不然,这个东西不饶人。**(指刀,拂袖而下)**
(徐宝宝由下上)
徐宝宝:(白)爹爹,你今做下此事,你差也!
(唱二次)可恨爹爹做事差,
不该一花许两家。
我和你糊里糊涂难讲话,
你这样不如死了吧!**(下)**
康　儿:**(上)**手捧一杯茶,客厅听根芽。
徐员外:哎呀!我今日一花二许,这才是闭门家中坐,祸从天上落。
康　儿:听见了!**(分头下,起慢板)**
徐凤英:(唱)徐凤英今日心喜欢,徐杨两家订姻缘。喜鹊搭桥牵红线,单等得七月七日那一天。

康　儿:(白)姑娘……大事不好了！我家爷爷明白了一辈子,糊涂了一阵子,把你一花二许了。

徐凤英:此话从哪里得来?

康　儿:你听你听！爷爷他来了！他来了你就明白了。

(徐员外进门坐)

徐凤英:(白)爹爹万福。

徐员外:罢了！我儿接来,这是西庄订亲之物双白笔一面。

康　儿:姑娘你收下。

徐员外:我儿你又接来,这是郭驸马逼儿订婚之物避尘珠一颗,为父出于无奈。

康　儿:姑娘你把它都收下,你不要了我拿上。

徐凤英:爹爹你错了！我的爹爹——**(唱两次)**老爹爹做事不思量,一女怎么嫁两家郎?伤心泪不住胸前淌,奔小房去哭我早死的老娘。

徐员外:天哪!**(分下)**

徐凤英:(唱)低下头儿进小房,
独坐一旁泪汪汪。

康　儿:姑娘光哭是无益的,天色不早了,咱们安眠了,到了明天再想办法。

徐凤英:你去安眠,姑娘心中有事。

康　儿:你的事还不是我的事?我的瞌睡多,正讲话哩瞌睡从头上下来了,睡着了,睡着了。**(帐子)**

徐凤英:(唱二次)康儿年小瞌睡多,
徐凤英心中如刀割。
这一场大事怎结果?

(康儿说梦话)

康　儿:张会长、王会长两个会长上会场,上得会场卖麻糖,拿回家去哄婆娘。

徐凤英:(接唱)倒不如一死见阎罗,
拜爹爹养育恩从此自己过,
叫母亲九泉下将儿等着,
取过来三尺白绫梁上过,
红手帕遮了我的眼窝。

(内白:"救人！救人!")

(康儿解救)

康　儿:(白)好我的姑娘哩！你把我哄着睡着了,咋干这愣活哩?你死了我给员外咋交待哩!

徐凤英：事到如今，还是死了好。
康　儿：我看事到如今还是走了好。姑娘，咱们女扮男装逃走。
徐凤英：没有衣衫怎样逃走？
康　儿：我有办法。我给少爷洗的衣服还没有给，你把它穿上。我把咱伙计的穿上，把两样宝贝都带上。我给咱后院里搭梯子去。我给咱取衣服去。**（退下又拿衣衫上）**出了庄再换。正是：
可恨员外心有偏，
一只脚踩了两只船。
徐凤英：临行带走避尘珠。
（同下）

第三场　火化东西庄

监军道：车马轿子已齐。
郭　威：徐家庄抬亲去者。**（圆场）**唤徐员外见我！
监军道：徐员外来见！驸马的轿子到了！
徐员外：参见驸马千岁。
郭　威：快快打发姑娘梳妆上轿！
徐员外：驸马大事不好，我女儿昨晚逃走了。
郭　威：逃走也罢，拿我的避尘珠来！
徐员外：千岁，我女儿带宝逃走了！
郭　威：哇，分明是定计欺骗本公的珠宝，休走看刀！**（杀员外）**监军道过来！东西二庄两家的人口一齐杀完！**（兵分头下又上）**两庄放火齐烧！
监军道：禀千岁，东西二庄杀完烧光了。
郭　威：与本公带马随军征北去！**（同下）**
杨　清：（内唱尖板）东西二庄起了火。
（楼门接唱）烧了个通天遍地红。我叫一声天哪天哪！杀人的苍天！
可恨驸马郭威，为抢占我媳，杀了我两门家眷，又放火烧了东西二庄，是我从学堂逃出，我叫一声屈死的爹爹、白头老娘，你们魂灵听着，日后儿要杀奸贼，为东西两门人口报仇了。

（白）杨清便说，哭也无用，我不免改名换姓。我想杨字取木，乃为易，改名易天信，提笔卖文。若得时，我不杀国贼枉为人物了。

（唱慢板）眼含泪，望苍天不睁双眼，恨奸党无人性，平静丧天良，无仇恨杀了我两门家眷，血债要用血来还。改名换姓天涯转，若得势不杀贼枉为儿男。**（下）**

徐凤英：（闪唱尖板）主仆们双双逃奔忙，
担着惊来受着慌。

康　儿：鲤鱼跳出了千层网，
虎口里逃脱了羊一双。

徐凤英：枪刀林里往外闯。

康　儿：信步由脚走他乡。

徐凤英：浑身发颤路旁倒。

康　儿：问姑娘因何不前行？
（白）姑娘为何不走了呢？

康　儿：呀！郭威的人马杀着来了，快跑……
（圆场又坐下，白）你怎么不走了呢？

徐凤英：双脚疼痛，实难行走，纵然将我杀了，我也走不动了！

康　儿：哎呀！这才是小娃爬到树上了，把粘涎扯出来了。这咋办呀？姑娘你看前边不远，不是商铺便是客店，我扶你一把到了那里再作道理。**（圆场）**这里有个台台儿，你先坐下，待我向前搭话。店家！店家！

店　家：我……我是一个店家，出门去，碰上了个癞蛤蟆，两个眼睛睁得圆溜溜的，四个爪爪儿往前爬，捉也不敢捉，拿也不敢拿，乖乖儿撒手，奴才去吧去吧！我开旅店真倒霉，晚晚夜夜鬼叫门，前边店里合欢事，后面院里吊死人。我乃店主人，正在后店睡觉，不知外面谁叫哩，出门抬头一瞧哩，原是个小伙子来到哩。啥事？

康　儿：店家。

店　家：你们是干什么的？

康　儿：我们是投宿的。

店　家：往远里走。昨天晚上住了两个客人，到半夜里，把我的鸭子吃了，你们可跑来吃鸡来了。

康　儿：投宿不如住店，住店不如投宿。

店　家：我观你们脚上带黄泥，像是走着来的。

康　儿：是远方来的。

店　家:一行几人?

康　儿:一行两人。

店　家:干净房子凉床子,把行李放在墙角里。请进!**(进门坐)**

徐凤英:吃用前边都用过了,打杯茶来!

店　家:毛尖五味带龙井,我先拿你去打茶去。**(下又上)**

徐凤英:店主请用。

店　家:客人你用,我刚才喝过凉水了。

徐凤英:打下去不用了。

店　家:这个小哥的半杯没用了,看来还是一点口福,我喝了吧。

康　儿:店主人,我家相公累了,要休息,前边带路!**(圆场开门)**店主人,讨个亮子来。

店　家:什么亮子,我看一定是唱牛皮影子的,要啥亮子哩? 客人,你要亮子,好像是唱牛皮影子的。

康　儿:找个灯亮来。

店　家:灯亮你就说灯亮,你可说是个亮子,亮子把我就亮住了。**(下又上)**

康　儿:放在桌上,拿个帚子来。

店　家:肘子吃完了,有个羊巴子,你们用不用?

康　儿:扫地的笤帚,你没有一个好耳朵。

店　家:笤帚就说笤帚,可是个帚子。**(下又上)**笤帚拿来了。

康　儿:你把地下扫干净。店主人我给你说,今天店中再不招客了。

店　家:啥不招客,靠山的吃山,靠河的吃水,靠个肥钟还喝四两浆水,你还不让我招客。

康　儿:你靠房吃屎不成,不叫你招客就不叫你招客,明天照门开钱。

店　家:照门开钱,我先给你算门:前门、后门、左门、右门,上房门、倒房门、斜房门、顺房门、厨房门、茅房门、灶房门,还有二十四个炕眼门。

康　儿:还有没算上你先人拉屎的粪门。

店　家:闲语少说,小心灯火谨慎门户。

康　儿:这两句还像话。下去,天色不早了,姑娘咱们睡吧! 待我关门。

杨　清:离家三步远,另是一层天。来此一时,店主人走来。

店　家:人还没有沾床呢,外边又有人叫呢。**(开门)**你是干什么的?

杨　清:我是过路的,来到这里天已黑了,暂宿一晚。

店　家:房子都满了,没处住了,前边另找一家。

杨　清:店主人,你家店里不招客,谁家店里肯留人? 不招也就睡到门口,车

压马踩,死而无忧。**(睡地)**

店　家:起来……你是王架郎的摊子就摆下了,我看你太可恨了。有个草房你嫌不嫌?

杨　清:出门人,有一席之地,就行了。

店　家:不要张声,跟我来!**(圆场,向客开门)**你先进去。

杨　清:怎么这样的黑哟。**(进门碰头)**

店　家:你把头低下,进去。

杨　清:店主人拿个灯亮来。

店　家:待我拿去。这人对着哩,灯亮就是灯亮,可不是个亮子。

杨　清:不用了。你休息去,待我掩了门户。**(分头下)**

康　儿:店家店家。

店　家:你得是把锁子吃了吧!黑咕隆咚的喝叫啥哩!

康　儿:我说过不要招人,谁叫你把客人留下来了呢?

店　家:我没有招人。

康　儿:你没有招人,那边厢房是什么东西?

店　家:是个明火虫儿。

康　儿:明火虫儿!明火虫儿就有那么大的光?

店　家:你不知道,我们这里的明火虫儿光大的一晚上三婆娘家借光还打麻雀呢。

康　儿:我就不相信。我先把明火虫拉出来。大家看,**(拉杨清上)**这就叫明火虫儿?不行不行。

杨　清:兄台,不必如此,我乃落难行路之人。

徐凤英:康儿不必如此,过来吧!

杨　清:兄台请来,见礼了。

徐凤英:还礼了,还礼了。

康　儿:往远里站。

杨　清:兄台高名上姓?

徐凤英:姓余名叫余龙真。

杨　清:我名易天信。

康　儿:我看你不叫易天信。

杨　清:叫什么呢?

康　儿:我看你叫个羊毡皮。

杨　清:兄台今奔何往?

徐凤英:上京应试的秀才。

杨　清:我也是上京的举子。

康　儿:我看你不是个举子,是一个烂柿子。

杨　清:就是一路同行,有心儿拜为结义,不知兄台意下如何呢?

徐凤英:小弟也有此心。我们论一长幼。

杨　清:我是甲辰相的。

徐凤英:我是乙巳相的,你为兄,我为弟。康儿!叫店主人买些香蜡纸表来。

康　儿:店主人!这是三克钱,买些香蜡纸表,我家相公结拜呀!

店　家:这半夜三更的,到哪里去买?我爹在世时,敬下先人的半截蜡还在呢,拿来用。心动神知。**(下又上)**香蜡来了。

康　儿:半截蜡结拜下的弟兄又硬又近。一支信香答上苍。一张表纸,化纸如化心。我给你们堆土为炉。

(一同下拜呀唱二六)

徐凤英:二人店馆结为朋,兄有难来弟怜念。一旦谁把良心昧,叩罢头来灾身起。

杨　清:双膝下跪地留平,弟有难来兄奉陪。天打雷轰火烧身,仁兄转上弟拜你。

杨　清:(白)贤弟起来,起来!**(用手扶)**

康　儿:你站远些。

店　家:他们结拜毕了,蜡还没完。小哥,咱们两个也结拜了算了。

康　儿:啥?我嫌你有胡子哩。乱了有渣渣子哩,烙了有锥锥子哩,拔了有皱纹儿哩。

店　家:胡子我刮了,找个烙铁烙了,寻个镊子拔了。**(下)**

(同白)你我安眠了吧!(唱)

徐凤英:余龙真提衣进小房,**(徐凤英下,杨清紧跟,康儿挡)**

康　儿:康儿忙把门关上。

杨　清:(白)开门来!开门来!

康　儿:开门干啥呀?

杨　清:和我那贤弟睡觉嗟。

康　儿:睡觉把你脸上的那麻子取了。

杨　清:我是光脸没麻子。

康　儿:去你的吧,你不到时间。

杨　清:……**(分下)**

第四场　对阵

木三花：（白）家住甘肃在皋兰，不得时运把柴担。扁担打死地头蛇，怕打官司逃外边。本帅木三花，从前打死人命，是我逃奔北国。那年跟达儿狼主天朝进贡，可恼驸马郭威图宝害命，是我逃回北国与二狼主说明其情，今春点动大兵马踏天朝。呔！儿郎们，杀！

（与郭威对阵开打，木三花枪杀郭凤）

监军道：郭驸马，我军打败，折了小千岁。

郭　威：当道扎营，与番家打了一仗，折了吾儿，不免与常老千岁修去小书，叫他两路进攻。监军道！起开文房，提笔来！监军道过来！小书一封，下奔常老千岁那里，速去。**（监军道下）**众将官！牢把营门，宁要小心。**（下）**

常三刚：（唱）连盔顶，丈二余。

常五长：（唱）爬山举顶百余力。

常　茂：老国公年老无人比，宝刀一举神鬼泣，将身儿打坐大帐里。**（三人坐）**

报　子：报！驸马差人下书。

常　茂：命下书人来见！

监军道：与常老千岁叩头。

常　茂：下书人哪里来的？

监军道：驸马营下来的。老千岁，营中搬兵来了。

常　茂：打开书信阅可，修书不及，原书打回。即日动兵罢了。**（监军道下）**

常三刚：爹爹莫可，驸马和儿有玩棋之仇，不能发兵。

常　茂：儿呀，玩棋之事，不必多言，换衣出兵了。

（唱）打开了甲叶桂花箱，**（换衣接唱）**银叶铠上搭秋霜，大炮三响出宝帐。**（上马同下）**

（对阵开打，常茂败下）

常三刚：我军打败。

常　茂：三马结为连环打。**（同下开打）**

木三花：我军打败前是什么地方？

士　卒：前是五龙顶的蛤蟆谷。

木三花：将常家父子诱进蛤蟆谷，只许我军败，不许我军胜。杀！

常三刚：达儿败下阵去。

常　茂:赶尽杀绝。正是:
　　番蛮太无理,
　　敢把上邦欺。
　　兵败如山倒,
　　水紧好捉鱼。
　　杀!
　　(同下)(进谷)
常三刚:进得谷来,无兵无将。
常　茂:我军中了计了,往出杀!
常三刚:番兵闸了谷口,如何是好?
常　茂:五长保你兄杀出谷去,见驸马前去搬兵,修书不及,割下袍服半片,速速前去!**(分头下)**
常三刚:杀出谷来,待我拿了袍服搬兵去!出得谷来丢了袍服,当用何计?见了驸马再作道理。**(下)**
郭　威:要去心头恨,提剑斩仇人。
监军道:禀驸马,常大公子要见。
郭　威:站下!这娃娃他做什么来了?想从前和我有玩棋之仇,要见机行事。监军道升堂!**(内坐)**命他来见。
监军道:有请大将军!
常三刚:参见驸马千岁。
郭　威:监军道给大将军看座。大将军不在你父营中,来见我有得何事?
常三刚:我父子兵困蛤蟆谷,见驸马千岁搬兵来了。
郭　威:呈上书信。
常三刚:修书不及,现有袍服为证。哎呀,千岁!是我杀出谷来,一路逃跑,将袍服丢失了。
郭　威:哪是丢失袍服?分明是来哄本公的人马,你说是也不是?
常三刚:并无歹意,我情愿对天盟誓。
郭　威:咋见人心?
常三刚:老天在上。
郭　威:绑了!(唱尖板)喝声绑了常三刚,骂声孺子听端详。当年班房结仇怒,棋盘把我面皮伤,把孺子绑在营门上。
常三刚:我叫……叫一声爹爹呀爹爹,儿今落贼手,大料父子难以相见。骂……骂一声郭威国贼,有一日犯在我手,定将国贼千刀万剐了。

监军道:郭驸马,常三刚拿眼睛瞪你哩!

郭　威:将他的双眼挖了出来。**(监军道挖眼睛)**

监军道:郭驸马挖去了两只眼睛,口里不住地骂你哩!

郭　威:将他的舌根拔下来!**(拔舌)**

监军道:郭驸马将三刚的舌头拔了,嘴里不骂了,心上咚咚地跳着还骂哩!

郭　威:用尖刀将他的心肝挖出来。

监军道:郭驸马错了错了,这是个忠臣,忠臣的心是红的,奸臣的心是黑的。

郭　威:驸马我的心哩?

监军道:驸马的心也不是黑的,也不是红的,大半是花的。

郭　威:滚下去。

监军道:下去就下去。**(出门白)**这颗心日后还有用处。

士　兵:报！木三花杀出营来了。

郭　威:不好！马来马来!**(骑上马同下)**

士　卒:禀都督,郭威逃走,营门绑下一员将军,拔舌挖眼剖心而死。

木三花:必是哪家忠良后代,将尸用芦席掩盖。有人搬尸不可为难。追杀郭威去者!**(同下)**

第五场　　三元夸官

杨　清:(唱)十年寒窗苦在学。

徐凤英:(唱)常把铁砚磨一磨。

常九斤:一次得中龙虎榜,

杨清、徐凤英:(合唱)学生上京连登科。

杨　清:本人易天信。

徐凤英:本人余龙真。

常九斤:咱家三子九斤,洪喜开科,科场应试,文说文对,我说武打得了武状元,今日夸官,年兄你们为何不来鸣锣?

杨清、徐凤英:(白)我们不敢鸣锣。

常九斤:你们不敢鸣锣,咱家我要鸣锣。

杨清、徐凤英:你家莫非有势?

常九斤:说咱家有势原来有势,我父国公常千岁,我母诰命夫人。大哥三刚二哥五长，咱家三子九斤，今是昨非在街夸官。衙役们鸣锣三声开道前往了！

杨　清：自幼儿读书在书房。

徐凤英：九载熬油看文章。

常九斤：龙点眼千层浪。

杨清、徐凤英、常九斤：（合）状元、解元、探花郎。**（打锣喝道而下）**

（郭威带监军道上）

郭　威：（唱代板）吾带领监军大街游，

只因一事锁眉头。

耳旁忽听得道锣响，

监军向前问根由。

（白）监军道上前问过，哪里来的道锣之声？

监军道：下边听着，哪里来的道锣之声？

侍　卫：（白）三元夸官。

郭　威：哪三元？

监军道：文元武元随带一个进宝状元。

郭　威：问过都是哪里人氏？进的何物？名叫什么？

监军道：下面听着！三元都是哪里人氏？名叫什么？进的何物？**（侍卫回应）**禀驸马，文元凤阳人名叫易天信；进宝状元也是凤阳人，名叫余龙真，进的是避尘珠；武元是常老千岁的三子。

郭　威：进的避尘珠，**（想）**凤阳人，**（想）**余龙真，**（想）**避尘珠，余龙真，徐字去了双立人，余……徐，一定是徐凤英；火化西庄走了杨清，杨清……易天信，杨字去木即是易，一定是改名换姓；常老爷的三子。火化东西两庄杀了两门人等，害了常三刚。这娃娃都是仇人，不免暗里上殿动本，叫三元带兵征北，叫达儿杀死，以绝后患。便是这个主意。监军道回去，待我进宫动本便了。**（分下）**

常九斤：（唱代板）心中恼恨贼郭威，

命我三元去征北。

低下头儿进府去。

（白）母亲在上，你儿有请。

常　氏：（白）白发赛银条，寿比南山高。（坐）我儿回府来了。

常九斤：你儿回来了，气杀人也。

常　氏：儿呀，回得府来为何愁眉不展？

常九斤:郭威奸贼暗地动本圣上,命我三元征北,怎的不气。
常　氏:征南战北是你武将家分内之事,况你父你兄都在边庭。
家　院:二贵人前来拜府。
常　氏:儿呀,二位贵人前来,你姐姐膀大身长,在他二人中,与你姐姐择得一人,了却为娘心事。
常九斤:等他们到来,母亲亲眼观看。
常　氏:如此甚好。与娘垂下帘来,传出有请!**(进入帐子)**

(杨清、徐凤英同进)

常九斤:未曾远迎,多得有罪。
杨清、徐凤英:岂敢岂敢!
常　氏:(白)好一个美才郎,容貌端庄,贵子连登科,张生配红娘。**(常氏出帘)**
常九斤:儿秉娘,贵人到。
常　氏:老身有何功德,敢劳二贵人来拜。
杨清、徐凤英:人之父母,吾之父母,他的父母,如同我的父母,请上受我等一拜。
常　氏:贵人,我有一女,情愿许给进宝状元,请你转答。
杨　清:小侄遵命,年弟请来,我这里有礼。老夫人有一千金姑娘,愿许你为婚,你的好事到了,我还要吃你的喜酒呢。
徐凤英:年兄万万的莫可,我家中定下了。
杨　清:定下了无妨,做官的哪个不娶三妻四妾,不必推辞,快快上前拜过!**(拉倒拜)**
常　氏:好了好了!我女儿现有一身武艺,同你们都到边关,与你父给他们了完花烛,同到下面摆宴!**(同下)**

(常茂、常九斤、徐凤英上)

常　茂:来到险要地,时刻担着心。
士　卒:救兵到!
常　茂:有请!
众　将:救驾来迟,老千岁受惊了。
常九斤:我母请你有事。
常　茂:啊!你们哪个是我常门之婿?
徐凤英:下官便是。
常　茂:东南角你夫妻另扎贯角小营,即日了完婚礼。你们下去。众将官三日打破北国达子,下边摆宴。

(摆洞房,兰环摆东西,扶新人上坐东西)

兰　环：与姑父、姑娘道喜，万物齐备了，就等你们刮东风哩。**（下）**

常千金：贵人请来上床安眠。

徐凤英：小姐上床安眠，我心中还有点小事哩。

常千金：想是你不奈泼烦，待奴家拉你一把。你来你来。**（徐凤英往出，常千金拉衣白）**贵人向哪里去？不！不！不！

徐凤英：（白）你再不要拉我了，我也前后想拉人哩，给你看！**（指耳下）**

常千金：怎么他变成了女的呢？天哪！

（用手去东西拉二幕）

兰　环：天大亮了，给人家把净脸水端来了，姑娘……**（进门看）**每一晚上就变了样子了，乱七八糟的。

常千金：兰环，叫你三少爷见我，不用你侍候。下去！

兰　环：怪了怪了！有请三少爷！

常九斤：姐姐你好？

常千金：兄弟我莫说你呀，**（用批判唱二六）**兄弟做事不思量，两个女儿怎成双？若把此事敞扬外，难免别人笑一场。**（下）**

常九斤：啼笑皆非，我姐姐将我责备一场，今日之事竟怪起我来，该怪这个易天信小子来。

杨　清：嗨！这君子当面言，小人背后地里称，推君子可谈也。

常九斤：易天信，我也说你呀！**（唱二六）**易天信来你有差，不会说媒强装潢。

杨　清：说媒圣人留下，不是学生自造它。

常九斤：我的父国公势力大，并无一人欺压咱。

杨　清：你的父官高势力大，官大难道欺压咱？

常九斤：我姐姐就是千金价，这事又被人笑话。

杨　清：你姐姐就是千金价，新科状元配过她。

常九斤：我和你这糊涂蛋难讲话，活着不如你死了吧。

杨　清：（白）贤弟到底为啥来这样发火？

常九斤：进宝状元他是谁？

杨　清：我的贤弟你的姐夫。

常九斤：她是个女人。

杨　清：上京的都是举人。

常九斤：他是个婆娘。

杨　清：和尚？和尚不中举。

常九斤：她是个空空。

杨　清:公公都在皇宫内院。
常九斤:你附耳来,女人,女人。
杨　清:这话谁说的?
常九斤:我姐姐亲自说的。
杨　清:我去问过你姐姐。
常九斤:(唱代板)易天信你放屁,易天信你放你娘的驴子屁。
杨　清:你为何还骂人哩?
常九斤:骂人? 我还想打你哩!
杨　清:你们武将家锯把子上有风哩,给你打,你打,你打呀!
常九斤:(举拳收回白)嗨嗨,罢了。**(下)**
杨　清:想不到哪里来的这事! 观见她来了,我要试试真假。贤弟走动。
徐凤英:仁兄何事?
杨　清:自从到了边疆,我观你精神不振,愁眉苦脸,像是心上有事。此地宽阔,来,我二人一处斗力。
徐凤英:我从不与人斗力。
杨　清:不斗力了也好,我们下水洗澡。
徐凤英:仁兄,近来我身体不好,不能下水。
杨　清:不要推辞,待我拉你一把!
徐凤英:(白)不不不!**(跑下)**
杨　清:他倒跑了。**(看)**连靴儿都丢了。真是幼年人做官,连官体都不顾了。贤弟他把靴儿丢了。嗨! 里面什么硬邦邦的?**(取看)**原是一只绣花鞋底,当真是个女的! 早知她是女的,从前店房我就是这样一抱。嗨! 不像话了呀!**(唱二六)**今日此事真奇怪,东边的太阳西出来。**(下)**

第六场　　拿木三花

常千金:兰环后面押来。
兰　环:你叫木三花,我也没啥拉,解下我裤带,绑了你这个黑五人。
木三花:(唱代板)木三花来笑哈哈,为狼主报仇反中华。
常千金:本千金我已十七八,从来没见过木三花。木三花才是个黑娃娃,马莲花细细细,割了麦子种棉花。
杨　清:易天信来我有差,不会说媒强装潢。
徐凤英:实想上京折桂花,被这个女娃子缠住了咱。
常千金:心想金花配银花,状元才是个女娃娃。
常九斤:大装饰钢鞭鞍鞒挂,找不见我兄在哪达。
常五长:大哥的生死难情划,见我娘怎样去回答。
(唱尖板)临阵枪挑叮咚炸,平北国拿来了木三花。**(同下)**

第七场　　除奸

明仁宗:龙头生金角,虎口露银牙。**(众上齐拜)**众爱卿多受风霜之苦。
众　将:为国尽忠,何出此言?
常　茂:万岁,臣平北国,拿住木三花,他言有冤情,带回朝来,我王查究。
明仁宗:木三花上殿!
大内侍:(白)万岁有旨,木三花上殿!
木三花:参拜万岁,万万岁!
明仁宗:孤不曾亏待你邦,为何造反?
木三花:万岁,我不是北国人,我是本国甘肃皋兰县人。中年伤人命,被逼奔北国,那年跟随大狼主天朝进贡,驸马害命夺宝,请万岁详查。
明仁宗:将驸马宣上殿来。要你对证,封你顺国侯,下边换衣去吧!**(下,驸马上殿)**
郭　威:儿臣参拜父主!宣儿臣上殿有得何事?
明仁宗:那年各国王子都来朝贡,你可见北国王子的珠宝?
郭　威:儿臣不曾见过什么珠宝。
明仁宗:传木三花上殿!驸马现在殿角,上前对证。
木三花:驸马千岁,那年我跟狼主进贡,你将狼主哄到你府,用酒害命夺宝,何不对万岁实讲?
郭　威:编派来的冷本参人,该当何罪?退下!
明仁宗:木三花坐了!武士们,驸马宫中去搜珠宝。
徐凤英:万岁,避尘珠现在万岁宝藏库中,驸马府下无有。
明仁宗:你如何得知?

徐凤英:万岁,臣徐凤英有本。
明仁宗:你叫余万真,怎么又叫徐凤英呢?
徐凤英:万岁,只因那年驸马征北路过我庄,强迫小女子成亲,临行留下避尘珠,是我连夜带宝逃走。进得京来献上避尘珠,因而在万岁库中。
明仁宗:你既是徐凤英,不知将孤的解元杨清身落哪里?
杨　清:万岁在上,臣是杨清。
徐凤英:万岁,我不说我是徐凤英,他不说他叫杨清,要赖婚姻。何不与他加罪?
明仁宗:你两家从前订亲可有什么婚礼?
徐凤英、杨清:现有双白笔。
明仁宗:一家所带,还是两家所带?
徐凤英、杨清:两家所带。
明仁宗:各带各的来。
徐凤英、杨清:万岁请看。
明仁宗:一片光点点的死玉,有何贵处?
徐凤英、杨清:合在一处,无墨水能以成字。
明仁宗:待孤试过。果真无价之宝,你们各带各的。徐凤英,你家中还有何人?
徐凤英:兄弟宝宝生死不知。
明仁宗:宝宝找见告知,凤英同何人进京?
徐凤英:兰环康儿。
明仁宗:康儿上殿。
康　儿:天翻了地乱了,蛮女子上了金殿了,大脚女子参见皇上大老爷,身体健康。
明仁宗:观见你口快心直,孤要考你。康儿举步走慌忙。
康　儿:小姐身前身后奔。
明仁宗:关街源口有人问。
康　儿:答话一面有老康。闯关有何方,开口便成章。
明仁宗:想是你能言,想必你会讲。你是个好的,留在官院,赐你宝剑一口,清查内宫。
康　儿:谢过皇上大老爷。嗨!害人的奸贼,你往这里看。**(指宝剑)**
常　茂:万岁,臣的长子到驸马营中搬兵生死不知,请万岁调查。
明仁宗:驸马,你可见过常老千岁的大公子?
郭　威:想必是叫木三花杀了。
木三花:万岁,为臣那日杀奔驸马营门,见一名将军拔舌挖眼剖心而死。
监军道:冤枉!我看驸马到崖边前了,尻子上踏了一脚叫下去。冤枉!

明仁宗:何人喊冤?驸马看过。

郭　威:唉,监军道,你叹的什么冤枉?为谁叹冤?

监军道:驸马,今日这个揍你哩,那个也骂你哩,无人给你保本。我上得殿去把常老儿一本奏倒。

郭　威:你是个好的,等着!禀父王儿臣的监军道有本。

明仁宗:唤他上殿,你有何本章就请讲来。

监军道:万岁,我叹的不是我的冤枉,是常老千岁的冤枉。这是大公子的一颗心,你们大家看。

明仁宗:主人做事,净怪仆人。武士!将附马拉下去砍了。

常　茂:万岁,我要杀驸马,与臣的长子报仇。

木三花:万岁,我也要杀驸马,与我大狼主报仇。

杨　清:万岁,我要杀驸马,与东西两庄烧死的人报仇。

徐凤英:万岁,我也要杀驸马,与我两家等人报仇。

明仁宗:与边关将士报仇。

常九斤:万岁,我要亲手杀驸马,与我大哥报仇。

明仁宗:慢着!你们这个要杀驸马,那个要杀驸马,将孤的皇儿归落何处?

郭　威:本公树大根深,量你们扳我不倒。

康　儿:万岁,不好了!我家皇姑叫驸马逼着上吊死了。

明仁宗:你们要杀驸马,我也要杀驸马,与我的皇儿报仇。

康　儿:皇上大老爷,我也要杀驸马,与我家爷爷报仇。

明仁宗:武士们!将驸马押在十字当街乱刀剐了。与孤起驾!

（剧终）

杨国玉　口述

校勘说明

『甘陕老艺人口述秦腔曲目孤本辑录』的底稿为老艺人口述、整理而成的手写本。在口述、整理的过程中存在一些口误、笔误；且底稿历经数十年传唱，存在字迹不清、缺页等现象。主编从残缺不全的一堆手稿中挑选出七部相对完整的剧本：『渑池关』『绝缨会』『太湖城』『游金湖』『乾坤鞘』『三元征北』『七人贤』。录为电子版时亦产生了一些录入错误。在初审中发现『七人贤』的剧情不完整，几经查找仍未补全，故只得将该剧删去。其余六部的剧情也略有缺失。在八次校对中，采纳了多位专家的宝贵意见，才大体上弥补了缺漏。同时，为保其原貌，留其原味，保留了书稿中的某些逻辑错误。如『游金湖』中李治以庙号唐高宗自称。由于老艺人长期如此传唱，故保留了书中的类似称谓。此外，书中还有几处特意保留的，不再一一赘述。若读者在阅读时有所发现，斧正为盼。